Tucholsky   Wagner   Zola   Scott   Sydow   Freud   Schlegel
Turgenev   Fonatne

Twain   Wallace

Walther von der Vogelweide   Fouqué   Friedrich II. von Preußen
Weber   Freiligrath   Frey

Fechner   Weiße Rose   von Fallersleben   Kant   Ernst   Frommel
Fichte   Richthofen

Engels   Fielding   Hölderlin   Tacitus   Dumas
Fehrs   Faber   Flaubert   Eichendorff

Feuerbach   Maximilian I. von Habsburg   Fock   Eliasberg   Zweig   Ebner Eschenbach
Ewald   Eliot   Vergil

Goethe   Elisabeth von Österreich   London
Mendelssohn   Balzac   Shakespeare
Lichtenberg   Rathenau   Dostojewski   Ganghofer
Trackl   Stevenson   Doyle   Gjellerup
Mommsen   Tolstoi   Hambruch
Thoma   Lenz   Hanrieder   Droste-Hülshoff
Dach   Verne   von Arnim   Hägele   Hauff   Humboldt
Reuter   Rousseau   Hagen   Hauptmann   Gautier
Karrillon   Garschin
Damaschke   Defoe   Hebbel   Baudelaire
Descartes   Hegel   Kussmaul   Herder
Wolfram von Eschenbach   Dickens   Schopenhauer
Bronner   Darwin   Melville   Grimm   Jerome   Rilke   George
Campe   Horváth   Aristoteles   Bebel   Proust
Bismarck   Vigny   Barlach   Voltaire   Federer   Herodot
Gengenbach   Heine
Storm   Casanova   Tersteegen   Gilm   Grillparzer   Georgy
Chamberlain   Lessing   Langbein   Gryphius
Brentano   Lafontaine
Strachwitz   Claudius   Schiller   Kralik   Iffland   Sokrates
Katharina II. von Rußland   Bellamy   Schilling
Gerstäcker   Raabe   Gibbon   Tschechow
Löns   Hesse   Hoffmann   Gogol   Wilde   Gleim   Vulpius
Luther   Heym   Hofmannsthal   Klee   Hölty   Morgenstern
Roth   Heyse   Klopstock   Kleist   Goedicke
Luxemburg   Puschkin   Homer   Mörike
La Roche   Horaz   Musil
Machiavelli   Kierkegaard   Kraft   Kraus
Navarra   Aurel   Musset
Nestroy   Marie de France   Lamprecht   Kind   Kirchhoff   Hugo   Moltke
Nietzsche   Nansen   Laotse   Ipsen   Liebknecht
Marx   Lassalle   Gorki   Klett   Ringelnatz
von Ossietzky   May   Leibniz
Petalozzi   vom Stein   Lawrence   Irving
Platon   Knigge
Sachs   Poe   Pückler   Michelangelo   Kock   Kafka
Liebermann   Korolenko
de Sade   Praetorius   Mistral   Zetkin

tredition und das Projekt Gutenberg-DE

Mehr als 5.500 Romane, Erzählungen, Novellen, Dramen, Gedichte und Sachbücher in deutscher Sprache von über 1.200 Autoren – das Projekt Gutenberg-DE ermöglicht den Zugang zu klassischer Literatur aus zweieinhalb Jahrtausenden in digitaler Form. Der Großteil der Titel ist seit Jahren vergriffen und nicht mehr im Buchhandel oder Antiquariaten erhältlich.

tredition hat sich die Aufgabe gestellt, die Buchtitel des Projekt Gutenberg-DE wieder als gedruckte Bücher zu günstigen Ladenpreisen zu verlegen. Mehr als 2.000 Titel sind bereits wieder erschienen und überall im Buchhandel erhältlich. Die Stärke von tredition nutzen auch viele Autoren, die selbständig ein Buch veröffentlichen möchten. Mehr dazu unter **www.tredition.de.**

Eine Übersicht aller verfügbaren Titel senden wir gern auf Anfrage zu (www.tredition.de/kontakt) oder stöbern Sie online unter **http://www.tredition.de/projekt-gutenberg.**

Memoiren eines alten Fliegenschimmels

Fritz Reuter

Impressum

Autor: Fritz Reuter
Umschlagkonzept: Buchgut, Berlin

Verlag: tredition GmbH, Mittelweg 177, 20148 Hamburg
ISBN: 978-3-8424-1089-3
Printed in Germany

http://www.tredition.de/projekt-gutenberg
http://projekt.gutenberg.de

Text der Originalausgabe

Fritz Reuter

Memoiren eines alten Fliegenschimmels

in Briefen an seinen Urenkel,

den großherzoglich mecklenburg-schwerinschen Gestütshengst Red
Robin, Doberansky Güstrowsky, Fuchs, Vollblut und Premier des
Vollblutamtes zu Redefin.

Mein Sohn,

So nenne ich Dich, weil Deine unvergeßliche Mutter, die herrliche
Miß Shrimp, aus der Ayescha, aus der Penelope, aus der Merry
Maid, aus der mir noch im alten, verschrumpften Herzen thronen-
den, ewig von mir angebeteten Miß Diamond, die Quellen ihres
durch keine Mésalliance verunreinigten Blutes auf diese Letztere
zurückführt, und weil Du zu Deines Hauses Glanz durch die Siege
auf den Rennbahnen zu Doberan und Güstrow weithinleuchtende
Erfolge gefügt hast, kurz weil Du der rechte Spahn vom alten Hol-
ze, das rechte Reis vom alten Stamme bist. Mein Sohn, wenn Du
diese Zeilen empfängst, habe ich das letzte Futter im Leibe, und
wenn Deine der mitleidsvollen Erinnerung geweihten Thränen
diese Blätter befeuchten, so denke daran, daß der Schinder mich
schon geholt hat und daß von mir nichts übrig geblieben ist, als
mein Fell mit dem Silberhaar, welches boshafte menschliche Rücksicht und Gewinnsucht nur aufbewahren wird, um es nach meinem
Tode zu gerben, wie man es im Leben gerbte, um sich Riemen daraus zu schneiden und Kappzäume daraus zu machen, vielleicht für
meine eigene Nachkommenschaft, vielleicht für Dich, für den Sieger
von Güstrow und Doberan. Mein theurer Sohn, Dir, der Du in der
Blüthe Deiner Kraft, im Vollgenuß aller Ehren stehst, auf den die
Augen aller braunen und weißen, aller schwarzen und rothen
Mecklenburger gerichtet sind, deß Name bei Hafer und Heu, bei
Kaff und Kartoffelschalen, vor der improvisirten Krippe des Dorf-

kruges und vor dem Marmorservice in Basedows Ställen genannt wird, Dir rufe ich aus finstern Ecke eines umfalldrohenden Schuppens, aus diesem Sommerpalais eines Samojeden, die ewig wahren Worte zu:»Mein Sohn, *Alles ist eitel!*«Jede niedergeschriebene Betrachtung über die Vergänglichkeit, über die Unbeständigkeit und den Wandel irdischer Zustände – und das ist die alte ewig gesungene Grundmelodie aller Memoiren, man mag zur Abwechselung noch so viele Variationen auf dies Thema spielen – hat für das abschiednehmende, schreibende Geschlecht etwas Wehmütiges, für das kommende, in's Leben tretende etwas Warnendes, Hinderndes, Kappzaumartiges. Auch durch die trüben Zeilen der nachfolgenden Blätter weht der leisflüsternde Abendhauch der Vergänglichkeit und mahnt Dich zur Ruhe, zur Bescheidenheit und zur Entsagung in Deinem Streben. Du stehst auf der höchsten Staffel hippischer Vollkommenheit; aus dem Feuer Deines funkelnden Auges leuchtet der gerechtfertigte Stolz auf aristokratische Abstammung, Dein kleines Ohr winkt vornehmgnädig von oben dem ehrerbietigen Geschlecht zu, welches demüthig Kind und Kindeskinder heranführt, sich in Deinem kurzhaarigen, glänzenden Felle zu spiegeln; in weichen Seidenwellen wallt Dein Schweif anmuthig auf die breiten, untadeligen Sprunggelenke, auf die kurzen Fesseln nieder und mit kleinem Hufe stampfst Du den dröhnenden Boden; oh! hüte Dich, daß Dein Auge nicht mit Staar und Mondblindheit geschlagen werde, daß Dein Ohr durch die Schläge des Schicksals nicht dallöhrig werde und Dein Fell nicht rauh durch die Schläge der Peitsche, daß ein kahler Rattenschwanz nicht unmuthig Piephack und Hasenhack peitsche und der drückende Leichdorn der Schaale und des Zwanghufs nicht Dein spatlahmes Gangwerk doppelt hinkend erscheinen lasse. Folge dem Zungenschlag und der leichten Führung des leitenden Genius Deines Lebens, des englischen Jockei, oder brich ruhmvoll den Hals bei einem Rennen mit Hindernissen auf der Bahn Deiner Thaten, damit es Dir nicht ergehe, wie mir, dessen leitender Genius ein Lumpenfahrer geworden ist. Besser ein Ende mit Schrecken, als ein Schrecken ohne Ende! Darum, oh Sohn! Blut meiner unvergeßlichen Miß Diamond und mein eigenes! Nimm hin die hinterlassenen schriftlichen Denkmale meines verkommenen Alters, Dir zum Spiegel geschrieben, hänge sie auf an die Raufe Deines Standes, damit Du sie als ein weisheitpredigendes Memento mori stets vor Augen habest; lies alle Morgen ein Capitel daraus, bevor Du Dich stärkst

>An goldenem Hafer, an köstlichem Heu,<

und des Abends wieder eins,

>Bevor Du Dich legest auf duftende Streu
Bis Dein Leben in Ehren vollendet.<

Doch zur Sache. Auf die Stunde meiner Geburt schien des Lebens glückverheißender Doppelstern, Reichthum und hohe Geburt; aber er schien nur; seine Konstellation war zu schwach für die Dauer meines Glücks. Meine hochedle Mutter, Miß Ella, aus dem ruhmwürdigen aber heruntergekommenen Geschlecht der Walebones, eroberte auf einem unserer Bälle, welche die Menschen Tournierreiten nennen, durch die Anmuth ihrer Bewegungen das Herz des Stolzesten unter den Stolzen, das Herz des großen Gray Momus, des Abgottes unseres Hofes. Der Neid ihres Geschlechtes, die Klatschsucht der kleinen Höfe und die Unbeständigkeit des Abgottes löseten, bald nachdem es geschlossen war, das Verhältnis des vornehmen Herrn mit der reizenden Tänzerin. Mit geknickten Hoffnungen und gebrochenem Herzen zog sich meine edle Mutter von dem Umgang der Welt zurück; nur ein alter, treuer Diener, mit Namen Knirker, war der Verstoßenen in die Einsamkeit gefolgt und pflegte sie in den trüben Tagen der Vernachlässigung. Ich seh ihn noch, diesen alten treuen Menschen, mit seiner Stalljacke und seinen gelben Lederhosen, ich fühle noch seine zarte Hand, wie sie mich in ehrlichem Wohlwollen streichelte, und noch haben lange Jahre und rauhe Erfahrungen in der Welt die Dankbarkeit nicht verwischen können, die ich dem ersten Führer meiner unerfahrenen Jugend schuldige. –

Am dritten Februar 1830 erblickte ich in den abgelegenen Räumen des Marmorpalastes zu B. das Licht der Welt. Die Bedeutung meines Vaters und die landkundige Verbindung desselben mit meiner Mutter hatten den Leibarzt Borchert zum Anerbieten seiner Dienste getrieben; er ward nicht angenommen; Knirker mußte ihn abweisen.

Es ist wahr, die Menschen rühmen sich mit Recht eines längeren Lebens als wir; aber ist dies, beim Lichte besehen, ein Vorzug? Was nützt ein langes Leben, wenn sein Ende durch Schwäche der Erinnerung getrübt wird und sein Anfang in bewußtloser Kindheit verdämmert? wenn es, eine losgerissene Scholle, auf dem Strome der Zeit ohne sichere Anknüpfungspunkte dahinschwimmt? Unser Leben ist kurz; zwischen engeren Ufern strömt es dahin, aber die sichere Brücke der Erinnerung spannt sich von dem grünen Ufer des Entstehens zu dem dunkeln Ufer des Vergehens; klar und deutlich schaue ich, eine Stunde von dem letzteren entfernt, auf den Augenblick meines Werdens, und fühle noch die heißen Küsse meiner geliebten Mutter, mit denen sie mich bedeckte, als ich hülflos vor ihr lag. Taumelnd richtete ich mich auf und begrüßte das Licht der Sonne mit dem freudigen Ausruf:»Oh, wie schön ist das Leben!« Ein Irrthum, mein Sohn, den nur meine Jugend und Unerfahrenheit verzeihlich machen konnte.

Knirker kam. Ueber das treue Gesicht des alten Menschen flog die Freude, wie Feuer über ein Stoppelfeld, als er mich erblickte. »Very well!« rief er aus und spritzte die dunkle Tabaksjauche durch die Zähne – Beides, das Tabakkauen und Englischsprechen, hatte er von unserm nationalenglischen Ceremonienmeister Collison gelernt – »very well! Beide Wetten gewonnen! – Hengst und Schimmel! – Leibhaftig der Vater! Kleiner Kopf, gut aufgesetzt, breite Sprunggelenke; runde Croupe von der Mutter! – glorious! – Gut gemacht, Altsche!« sagte er sehr ungenirt zu meiner edlen Mutter, die ihm seiner Treue wegen viel zu Gute hielt, auch in ihrer verlassenen Lage nicht wohl anders konnte. Der brave Kerl lief nun, nachdem er allerlei wohlthuende Manipulationen an meinem Körper verschwendet hatte, brachte der edlen Wöchnerin einen erquickenden Kleientrank und trug die üblichen Anmeldungen von dem frohen Ereigniß in unsere dabei interessirte Nachbarschaft umher. Bald stellten sich denn nun auch Besuche ein, und obgleich meine Mutter jede Theilnahme verbeten hatte, so ließen sich diese von hohen und vornehmen Personen ausgehenden Aufmerksamkeiten nicht wohl zurückweisen. Der Oberceremonienmeister Collison machte meiner Mutter die verbindlichsten Complimente über mein gutes Aussehen, und selbst der regierende Herr stellte sich ein, kniff die Lorgnette in sein Auge und knarrte hinter den Vatermördern hervor:

»Knirker, very well, Knirker!« – »»Very well!««« antwortete Knirker sich tief verbeugend. – »Collison,« wandte sich der Herr an den englischen Oberceremonienmeister, »die Walebones altes Geschlecht? He?« – »»Zu Befehl! sehr altes Geschlecht; stammen in directer Linie vom Bucephalus Seiner Majestät von Macedonien ab, noch altwendisches Blut drin.«« – »Schön, schön! Eintragen in's Gestütsbuch, recipiren!« – So ward ich in das goldne Buch des Vollbluts eingetragen ohne andere Verdienste, als daß der große Alexander einen Urahnen von mir auf bloßer Trense geritten haben sollte.

Schön und voll hätte jetzt mein Leben aufgehen müssen, hätten sich meinen Vorzügen der Geburt die Segnungen einer weisen Erziehung zugesellt. Meine theure Mutter beschäftigte sich redlich mit den Anlagen meines Gemüthes und Knirker, die treue Seele, pflegte mein Aeußeres nach Kräften, in beiden Richtungen gedieh ich zusehends; aber mein Verstand blieb ungebildet, es fehlte mir die Erziehung meines Vaters. Der Erzeuger meiner Tage, Gray Momus, dieser Ausbund von Schönheit und adligem Stolz, konnte seine Abneigung gegen meine Mutter nicht überwinden, und unbekümmert, ob ich darunter litt, versagte er ihr hartherzig jede Gelegenheit zur Versöhnung. Meine Mutter versuchte nun das letzte Mittel: auf einer Promenade, die sie mit mir machte, führte sie durch mich eine Scene herbei. »Grausamer!« rief sie, als er in dem Glanz und der Würde seiner ausgezeichneten Stellung ihr entgegen kam, »können Sie Ihr Fleisch und Blut verleugnen? Wollen Sie Ihren Sohn nicht anerkennen?« – »»Madame,«« war die rauhe Antwort, »»Ihr Sohn ist anerkannt, wie das Gestütsamt ausweisen wird. Befinden Sie sich in drückenden Verhältnissen, so steht meine Börse Ihnen zu Diensten, im Uebrigen aber . . . . .«« Dahin! ging der Barbar. Meine Mutter ging auch; aber mit den Schauern des Todes im Herzen. Zu Hause angekommen, legte sie sich. Der Leibarzt Borchert wurde gerufen, er schüttelte den Kopf: »Knirker,« sagte er, »es ist das Herz; gegen gebrochene Herzen giebt's keine Medicin.« – »»Very well, Mister Borchert,«« sagte Knirker weinend, »»aber, Du lieber Gott, was wird aus dem Wurm?«« –»'Ne Amme anschaffen,« sagte der Leibarzt, »es ist von Oben schon der Befehl dazu gegeben.« –

Meine Mutter verschied sanft. Du erläßt mir die Schilderung meines Schmerzes, ich war in Thränen aufgelös't; nur die Intervention eines mich gewaltig aufregenden Ereignisses konnte mich retten. Zum Glück trat dies ein. Jedermann wußte es, und der Leibarzt Borchert hatte es selbst gesagt, meine Mutter war am gebrochenen Herzen gestorben; nun erhob eine Partei, von dem bösen Gewissen meines Vaters angestiftet, ihr Haupt, der schnöde Leibarzt wurde bestochen und wie ein Lauffeuer verbreitete sich die für mich und meinen Schmerz entsetzliche Ansicht, meine Mutter sei an einer gemeinen Kolik gestorben. Ein schrecklicher Zorn erfaßte mich, ich tobte, als man mir diese heimtückische Nachricht mittheilte; Knirker, diese gutmüthige Seele in gelben Lederhosen, suchte mich zu beruhigen, wollte mich streicheln, ich stieß ihn fort. »Er ist auch krank,« sagte Knirker und holte den Doctor.

Mit der dreisten Stirn und dem ungenirten Wesen, die Allen erinnerlich sein werden, die ihn gekannt haben, trat der Leibarzt in mein Gemach. – »Tobt er immer so?« war die impertinente Frage des Nichtswürdigen. »»Yes, Mister,«« sagte Knirker. »Hat auch Kolik,« sagte Borchert, »ist Euer verdammtes englisches Preßheu dran Schuld!« und wollte mir bei diesen Worten eine Portion Kamillenthee in verkehrter Richtung einflößen; aber – ein Schlag von mir! der Doctor krümmte sich auf dem Boden, und die angedrohte Kamillentheelibation strahlte dem armen Knirker in's Gesicht zur Strafe dafür, daß er die Affecte der Seele aus gemeinen Unterleibsleiden zu erklären suchte.

Ich war gerächt, das Andenken meiner Mutter war gerächt; aber ein unversöhnlicher Feind war mir in dem Leibarzt für's ganze Leben geworden. Fluchend, mich verwünschend, mich mit dem schmählichen Namen eines kleinen Schindluders belegend, stand er auf und schwur, sich nicht ferner um mich zu kümmern. Ach! hätte er doch diesen Schwur gehalten, hätte er mich doch damals umkommen lassen, wie viel Schmerzen wären mir erspart gewesen, wie viel Hoffnungen wären mir nie erblüht, um durch den Nachtreif des Schicksals zerstört zu werden! Seine erste durch Tücke eingegebene Handlung war, mir eine Amme zuzusenden, das Blatterngift des Pöbels mir einzuimpfen, auf die weithinschattende Eiche aristokratischer Vollkommenheiten das gemeine Parasitengewächs der Distel zu pflanzen, den hochgeborenen Wein meines Vollbluts mit dem schlammigen Wasser des wohlgeborenen Bürgerthums zu mischen. Schrecklich, wenn ich daran denke! Was hätte aus mir werden können, wenn meine Zukunft nicht auf so schmähliche Weise vergiftet worden wäre! – Mein Sohn, ich bin Aristokrat von Geburt, ergo conservativ; ich bin beides in den Schicksalen eines wechselvollen Lebens geblieben, ich bin – ich kann es dreist sagen – ein Ritter, wenn auch nicht ohne Furcht, doch ohne Tadel, d. h. ich habe *nie* etwas in unseren Staatseinrichtungen getadelt, es sei denn etwas, das in meinen aristokratischen Kram nicht paßte; aber so viel muß ich sagen, es ist eine Schande, daß der Staat nicht für Ammen aus aristokratischem Blute sorgt. Die neuesten Forschungen der Naturwissenschaften – ich habe mit denselben in späterer Zeit mich beschäftigt, namentlich mannigfache Versuche über Ernährungsfähigkeit der einzelnen Vegetabilien an meinem eigenen Körper mit solchem Erfolge angestellt, daß man durch meine Haut und Rippen die animalischen Prozesse der Ernährung selbst fast beobachten konnte – ich bitte Dich, lies meinen essay über die Ernährung durch Kartoffelschalen und siebenjähriges Dachstroh – die neuesten Forschungen der Naturwissenschaften, sage ich, haben erwiesen, daß das Futter nicht blos auf die *physische*, sondern auch aus die *psychische* Ausbildung einen wesentlichen Einfluß äußert; zum Beweise dieser Behauptung sieh die schwerfälligen, breithufigen, speckhälsigen, ramsköpfigen Holsteiner an, bemerke, daß die Hälfte derselben, wenn bedeutende Anstrengungen von ihnen verlangt werden, dumm wird, und warum? Weil sie von Jugend auf in den sumpfigen Niederungen ihr unverdauliches, abwechselungsbares, magenbeschwerendes Futter suchen müssen; während wir von der Bucephalischen Race schon seit der uralten Wendenzeit unser aus den mannigfachsten Kräutern zusammengesetztes, raschnährendes Futter leicht auf reinlicher Höhe finden, weshalb bei uns auch nicht die Spur von Dummheit bemerkt worden ist. Verpflanze eine Heerde hochedler Schafe auf eine niedrige Weide und sie werden den constanten Charakter ihres Vollbluts nicht bewahren können, sie werden in gemeine rauhhaarige Schnucken ausarten, und das Ende wird die Drehkrankheit sein. Nie aber wird die Depravation des Blutes so gründlich erreicht, als wenn sie schon mit der Ammenmilch eingesogen wird. Glaube mir, alle Thorheiten, alles daraus entspringende Unglück, welches mich betroffen, habe ich aus diesen ersten Quellen meines Lebens gesogen, und wenn mir der Zusammenhang in seiner Kausalität auch nie ganz klar geworden ist, so mußt Du es mir doch glauben, parole d'honneur! –

Ich fahre fort. Kaum war der Doctor gegangen, so hörte ich auf dem Flur vor meinem Gemache ein gewisses Laatschen und ein unterdrücktes Weinen, welches von Knirkers Stimme unterbrochen wurde, der mit den Worten: »Here! Mistress! What is your name?« meine Thür aufriß. Und herein schwankte eine gutmütig aussehende, kuhhessige Person von einer Bauerstute, die, in Thränen aufgelöst, Knirker die Geschichte ihres Unglücks erzählte, wie sie durch drückende Armuth und herrschaftliche Drohungen dazu gezwungen worden sei, ihr Kleines auszuthun, um an mir mütterliche Pflichten zu üben. Damals verstand ich den Grund ihrer Trauer nicht, und erst weit spätere Beobachtungen haben mich gelehrt, daß ›ein Kind austhun‹ allerdings etwas Schreckliches ist. Die Redensart ›ein Kind austhun‹ hängt mit der ›ein Licht austhun‹ eng zusammen, der einzige Unterschied zwischen Beiden ist der, daß durch die erste Prozedur das nur im langsamen Tempo ausgeführt werden darf, was bei dem Letzteren plötzlich zu vollstrecken erlaubt ist.

Die Trauer des gutmüthigen Wesens lös'te sich endlich unter herzbrechenden Klagen und Rufen nach dem verlorenen, ausgethanen Liebling ihres mütterlichen Herzens in eine zärtliche Liebe zu mir auf, bei welcher ich täglich an Volumen zunahm und scheinbar wohl gedieh. Aber mir, Knirker und dem Ceremonienmeister Collison unbewußt, wurde unter dieser gedeihlichen Hülle der Grund zu Schwäche der Muskelkraft und Trägheit der Bewegung, die mit der Laschheit und Energielosigkeit des Charakters bekanntlich in enger Verbindung steht, gelegt, und jedes Pfund Fett, welches ich auf den Rippen ansetzte, wurde mit einer Aussicht auf eine glänzende Zukunft bezahlt. In unbekümmerter Genußsucht verdämmerte ich die Zeit, in welcher ein Häkchen sich krümmen soll, um dereinst ein Haken zu werden, bestimmt zum Aufhängen aller Ehren. Keiner ahnte, welche Umstimmung in meinem Innern vorgegangen sei, nur der Urheber derselben, der tückische Borchert, wußte es ganz genau, und oft hörte ich, wenn Andere mich lobten, ihn zwischen den Zähnen murmeln: »'S ist und bleibt doch ein lauer Hund!« Und leider! Der Bösewicht hatte recht. Unsere Feinde kennen uns stets am Besten.

Zwar wurde ich nach einiger Zeit dieser Blutvergiftung entzogen, ich wurde von meiner Amme getrennt; aber das Unglück war geschehen, die klaren, den Bergeshöhen hoher Geburt entsprungenen Wellen meines aristokratischen Wesens waren untergegangen in den lehmigen Zuflüssen des gemeinen Lebens, die hochstrebende Marmorsäule meines Geschlechts war verkleistert und verschmiert in das schmutzige Mauerwerk bürgerlicher Alltäglichkeit. Ich ahnte nicht einmal meine Verderbtheit; ich jammerte und schrie nach meiner Ernährerin, die ich nie wiedersah. Freilich kam sie in spätern Jahren einmal eigens zu mir, um mich zu besuchen, es war aber gerade zu einer Zeit, in der ich mit meiner Toilette beschäftigt war, und durchdrungen von Aerger über das Unheil, welches sie in mir angerichtet hatte, ließ ich sie abweisen.

Ich wurde nun in eine Art von Kleinkinderbewahranstalt, richtiger wohl, Kindergarten, gebracht, wo ich mit mehreren Gentlemen meines Alters unter Aufsicht einer alten englischen Dame spielend eine Hauptaufgabe des Lebens, das Grasen erlernte. So eine Anstalt wird › paddock‹ genannt und ist eine Villeggiatur für vornehmer Leute Kinder, wo sie an dem Busen der Natur der fessellosen Ausbildung origineller Individualität überlassen sind, und Aufsicht nur gestattet wird, um sie vor leiblichem Schaden zu bewahren. Meine Spielkameraden waren alle meines Alters und fanden in der Ausübung der verschiedenen Arten von Sport, im Laufen, Springen, Jagen, Boxen ein standesgemäßes Vergnügen und hinreichende tägliche Beschäftigung; ich, obgleich der größte in der Gesellschaft, liebte diese Uebungen nicht, sondern sah träge, an einen Pfosten gelehnt und mich in Behaglichkeit daran scheuernd, meinen Genossen zu, oder wälzte mich in dem hohen Grase an dem Ufer eines Baches. Neckereien von Seiten der muntern Gesellschaft konnten nicht ausbleiben; sie wurden aber von mir durch Recitation meines pedigree siegreich zurückgeschlagen, und die Trägheit und Versimpelung meines Wesens wurde bald für ahnenstolze Zurückgezogenheit gehalten, welcher Irrthum denn auch nicht verfehlte, mich in einen unantastbaren Nimbus von Vornehmheit zu kleiden. »Hochedles Blut das, Knirker!« sagte die hohe Herrschaft, wenn sie erschien, »Walebone, Gray Momus! Magnificent jointed! Pompous body!« – »»Yes, Sir,««sagte dann der brave Knirker, »»pompous body«« – Nur der hämische Leibarzt blieb dabei, feindselig durch die Zähne zu zischen: »Ein verflucht lascher Hund das!«

Trotz seiner Anfeindungen befand ich mich wohl in meinen Verhältnissen, und wenn auch zuweilen das Gefühl des Isolirtseins schwer auf mir lastete, so bot die Einsamkeit dagegen auch wiederum so viel Gelegenheit zu goldenen Träumen einer vornehmen Zukunft und ich wußte mit so viel Selbstbetrug mir die zunehmende Vernachlässigung von Seiten meiner Spielkameraden als die mir zukommende Hochachtung vor meiner Geburt vorzuspiegeln, bis ich mich in diesen Selbsttäuschungen und Schmeicheleien glücklich fühlte; und noch jetzt, an der Schwelle des Grabes, blicke ich auf die grüne Wiese meines paddock zurück wie auf die einzige lachende Oase in der traurigen Wüste des Lebens. Die Kindheitsträume allein sind die reinen, vollen Klänge, die auf den Saiten der Seele durch die Dissonanzen der spätern Jahre tröstend hindurch klingen, und die Gefühle der Liebe und Freundschaft sind nur vergebliche Versuche, die angefangene Melodie weiter zu spielen, bis sie endlich, mehr und mehr verhallend im Geräusche der Welt, unbeendigt im Seufzer des Sterbenden verhaucht. –

Endlich kamen die Jahre, die mich aus dem Paradies meiner Jugend vertrieben und mich in's Leben hinausstießen. Ein Pageninstitut für junge Herren vornehmen Geschlechts, oder wie Knirker es nannte, ein training, nahm mich auf. Ich kann es nicht läugnen: noble Grundsätze in der Leitung dieser Anstalt, der Oberceremonienmeister Collison lenkte sie selbst, viel Rücksicht auf Blut, keine Spur von Quälerei mit Realwissenschaften, wie: Ziehen, Fahren, Eggen, Pflügen; nur Winke und Fingerzeige für zukünftige, vortheilhafte Repräsentation. Statt Orthographie: Orthopädie, statt Ethik: Kosmetik, statt Philosophie: Philogynie, das war der jährliche Cursus, den ich durchzumachen hatte. Außerdem viel Comfort, table d'hote an Marmorkrippen, Raufen: Bronce; ausgezeichneter Hafer, köstliches Heu, Nachtisch: exquisite Moorrüben; schön gelegenes Logis im Westende des Stalls; Mobiliar, bis zur Mistgabel herab, elegant; vorzügliche Bedienung. Mein Diener hieß Johann Krapp; höchst bequem, von anständigen Eltern, gute Schule, alles englisch an ihm, vom Stallkäppel bis auf die Gamaschen, unübertrefflich bei meiner Toilette, sehr angenehmes englisches Zischen, Sausen bei derselben; hätt' viel daraus werden können, wenn von edlem Blut; nun fürcht' ich, es nicht weiter gebracht, als großer Kammerdiener oder großer Spitzbube.

»Glückliche Lage, schöne Zeit!« wirst Du ausrufen, wenn Du dies liesest; wirst vielleicht hinzufügen: »ich erinnere mich freudig daran der eigenen Jugend!« Und von Deinem Standpunkte aus hast Du Recht, mein Sohn; aber die Zeiten sind andere geworden, *Du* hast in den Zeiten Deiner Ausbildung neben den adligen Bestrebungen noch allerlei Praktika getrieben, *Du* vergoldest jetzt die Blätter Deines alten Stammbaums mit den Erfolgen Deiner Oekonomie und schmierst umgekehrt wieder die Räder Deines bürgerlichen Betriebes mit dem Fette Deiner adligen Privilegien; das hilft sich Eins in's Andere. *Ich* verließ mich zu meinen Zeiten blos auf mein Vollblut und ich fiel – fiel durch's Examen!

Nie vergesse ich jenen Tag, an welchem die Krone meines Lebens zur Erde gebeugt wurde, um fortan am Boden zu kriechen. Wie glänzend schien die Sonne am Morgen dieses Tages, wie fahl und sturmverkündend nahm sie Abschied, bis sie in ein finsteres Gewölk versank, ein treues Bild meiner Vergangenheit und Zukunft!

Ich war für die große Carriere bestimmt. Ich weiß zwar nicht, ob ich durch innern Drang getrieben selbst Wünsche in dieser Richtung ausgesprochen habe, oder ob sie unbewußt durch die Lobeserhebungen meiner Umgebung in mir geweckt wurden, genug die Idee, dereinst in der Diplomatie oder in einem ausgezeichneten Hofamte zu glänzen, war in mir zu Fleisch und Blut geworden; meine Taille ist ausgezeichnet, mein Aeußeres und meine Toilette ausgesucht, und ein zurückhaltendes Schweigen von meiner Seite ließ auf bedeutenden innern Werth, auf Tiefe des Charakters und demnach auch auf große Erfolge im Leben schließen.

Meine dereinstige Laufbahn, der Schauplatz meiner zukünftigen glänzenden Carriere, die Rennbahn, öffnete sich mir. Im Bewußtsein angeerbten Werthes, im Selbstvertrauen der Jugend, von den Tüchern holder Damen angeweht, von schönen Augen als Liebling angelacht, trat ich in die Reihen meiner Mitbewerber um den Preis des Sieges. Neid und Mutlosigkeit auf den Gesichtern meiner Mitkämpfer trafen meine Augen und meine Sicherheit stieg – da hörte ich die Kanaille von Leibarzt sagen: »Excellenz, wetten Sie nicht auf den Schimmel, das ist ein verflucht lauer Hund!« – »»Hat aber Blut,

Borchert, Blut!«« – »Was Blut!« war die schnöde Antwort meines alten Feindes, »mit bloßem Blut macht man heutzutage keine Carriere, hier heißt es: hic Rhodus, hic salta!« – Dieser verdammte Schraubstock von albernem Spruch klemmte mir die Brust zusammen, nahm mir Athem und Muth, mein Siegesbewußtsein sank unter Null, die Excellenz steckte ihr Wettbuch gleichgültig in die Tasche, das Zeichen zum Rennen wurde gegeben, und verwirrt und athemlos keuchte ich dem Ziele entgegen. Von Scham und Schweiß übergossen, stolperte ich durch dies gräßliche Examen, und das Hohngelächter der Menge empfing mich an den Marken der Bahn. – »No. III! Der wird nicht mehr zugelassen!« sagte ein ältlicher, ernster Mann, der als Präses der Examiationscommission fungirte. – »»Sollte eigentlich No. 99 erhalten, wenn's eine solche gäbe,« sagte ein dumm aussehender und witzigseinwollender Dickbauch, der zu meinem Unglück ebenfalls in der Commission saß, »»das ist ja ein Hieronymus Jobs!«« – »Ha, ha! – Hieronymus Jobs, Hieronymus Jobs!« lachte der hämische Leibarzt. – »Hieronymus Jobs!« jubelte der Plebs. – »Hieronymus Jobs!« lächelte der hohe Adel, und als ich, fast erliegend unter der Schmach, mein Auge erhob, um *ein* Zeichen des Mitleids zu erbetteln, sah ich auch die hohen Herrschaften über den schnöden Witz lächeln, und der hohe Herr schnarrte höchsteigen: »Very well! – Hieronymus Jobs! – wollt' ihn eigentlich ›Heros‹ taufen, nun mag er ›Hieronymus‹ heißen.«

Dieser Spott machte meiner Carriere auf immer ein Ende. Arm an Aussichten, reich an Schmach, für mein Leben mit einem Spitznamen gebrandmarkt, wurde ich im Zustand der grenzenlosesten Verwirrung endlich durch den treuen Knirker den Augen der Menge entzogen. Mein Zustand flößte ernste Besorgniß ein; ein hitziges Fieber erfaßte mich, ich phantasirte, das Licht meiner Vernunft erlosch, nur mein Stolz sprühete wahnsinnige Flammen: »durchgefallen!« rief ich aus, »und wenn auch! Die Hofämter sind mir noch nicht verschlossen! Dort ist mein Feld, dort gilt *nicht* plebejisches Wissen, dort macht man keine Examina, dort gilt jenes unbeschreibliche je ne sais quoi, die angeborene tournure, dort . . .« Da trat mein unbarmherziges fatum, der Leibarzt Borchert, mit dem Aderlaßschnepper in der Hand zu mir, brems'te den hohen Flug meiner Phantasie und – mit dem strömenden Ichor meiner hohen Geburt sank Aussicht und Hoffnung in den Staub. Matt, zum Tode matt stand ich da und mußte es leiden, wie das Ungeheuer mich Glied für Glied untersuchte und befühlte. »Sagt' ich's nichts« rief er, »hab ich es Collison nicht immer gesagt? – *Der* hat immer behauptet, die Creatur gäbe noch ein gutes Reitpferd für die hohen Herrschaften ab; aber auch *dazu* ist er nicht zu gebrauchen: die Hasenhacken sind bei ihm aufgetreten!« – »»God forbid!«« sagte Knirker, »»the hack of hase! Na, denn ist's mit ihm vorbei! So unschuldig die Hasenhacken auch sind, wenn ihnen nur tüchtig aufgebrannt wird, die hohen Herrschaften dulden einmal keine Hasenhacken in ihrer Umgebung.«« – »Wenn wir den Racker nur erst los wären!« sagte Borchert, als er ging.

Dies sollte früher geschehen, als er vermuthete. Als ich nach der Herstellung von meiner Krankheit mit mattem Auge meine Lage überblickte, als ich auch die letzte standesgemäße Aussicht mit geknicktem Flügel traurig am Bette des Genesenden stehen sah – Hasenhacken schlossen von jeher von den obersten Hofämtern aus – und endlich Ruhe und Muth genug gewann, die letzte Ursache meiner schmählichen Niederlage aufzusuchen und in der Blutvergiftung durch die bürgerliche Amme zu finden, da fühlte ich, daß die Grundbedingung meines Seins sauer geworden war, wie abgestandene Milch, daß mein Leben in der wilden Gährung einer zwieträchtigen Mischung verlaufen müsse. Schon der Entschluß, der schließlich aus diesen Prüfungen meiner selbst hervorging, wird Dir zeigen, daß die Halbheit mich erfaßt hatte. Ich beschloß, mich aus den höchsten Kreisen zurückzuziehen, in einer gewissen Sphäre jedoch die Rolle des vornehmen Mannes fortzuspielen. Statt mit einem Male durch einen kühnen Entschluß allen Dornen und Dieseln, die für mich auf den Höhen wuchsen, den Rücken zu kehren und mich im grünen Thale der productiven Thätigkeit des Halbbluts und des Unbluts anzuschließen, hoffte ich, unterstützt von einer vorteilhaften Gestalt – die Hasenhacken waren gebrannt – dereinst an der Hand der Liebe, mit den goldenen Schüsseln eines reichen Schwiegervaters die Zugänge zu jenen Regionen wieder aufzuschließen, denen ich jetzt ein freilich nur temporäres, aber trauriges Lebewohl sagte.

Ach, wie tröstend erklangen mir die schönen Worte aus Herrn von Schillers Braut von Messina:

Stehen nicht Amors Tempel offen?
Wallet nicht zu dem Schönen die Welt?
Da ist das Fürchten! da ist das Hoffen!
König ist hier, wer den Augen gefällt!

Wie unter Amphions Leier fügte sich unter diesen klangreichen Worten Stein auf Stein aus dem Schutte meines Sturzes zu einen. hochstrebenden Hoffnungstempelbau. Aber Geld! Geld! – Glacéhandschuhe, Fracks, Pomade und jene Düfte von tausend Blumen, welche die Händler, geiziger als die Natur, nur gegen baare Zahlung in kleinen Flaschen verkaufen, der Proviant und die Munition meines zu eröffnenden Feldzuges, verlangten Geld! Geld! und ich hatte nichts.

Glücklicherweise ward ich Gegenstand der Spekulation. Du Schelm, Du lächelst, Du denkst Deiner eigenen Triumphe und meinst, Deinem alten Urgroßvater sei es so leicht geworden, wie Dir; er sei gleich im Beginn seines Unternehmens Gegenstand der Speculation verschiedener junger Damen geworden. Nein, mein Sohn, so leicht ward's mir nicht. Vorläufig ward ich Gegenstand der Speculation eines Juden.

Mortje, Ben David, Ben Mausche, Ben Schmuhl, Ben Joel, ... Ben Leip, ein edler Israelit, der sein pedigree, wie heut zu Tage fast alle Juden, bis in die äußersten Wurzeln des Levitenstammes hinunterleitete, der mit gerechter Verachtung auf die Ben Juda und Ben Ruben hinabblickte, dem recipirten alttestamentarischen Adel angehörte, dessen Vorfahren die Mauern von Jerichow umtrompetet hatten, dessen Ururur . . . . ältervater dem römischen Hauptmann, Herrn von Montmorency oder Dalberg – denn beide Familien machen mit Recht Ansprüche auf Abstammung von jenem Kriegsknecht, der Christus an's Kreuz schlug – gegen 11½ Prozent schöne Gelder zum leichtsinnigen Lebenswandel vorstreckte, dieser Mortje, sage ich, der trotz seines riesigen Stammbaumes weniger auf seinen Adel, als auf seine Beziehungen zum Adel gab, erkannte in mir ein Wesen, welches geeignet sein könnte, bei Damen dereinst Glück zu machen. Mortje gehörte zu jenen bevorzugten Sterblichen, die es sogleich jedem Dinge ansehen, wozu es zu gebrauchen sein könnte; auf Auctionen fast erdrückt von den um ihn aufgestapelten erhandelten Schätzen, war er nie in Verlegenheit, jedem Ding seine

Bestimmung im Voraus zu ertheilen; dieser alte Hut paßte ganz genau seinem Nachbar links, dieser Lehnstuhl war wie gemacht für seinen Nachbar rechts, dieser verbogene eiserne Haken paßte nirgends, als nur zu dem Schweinekofen seines Nachbars gradeüber. Als er mich zum ersten Male erblickte, kniff er die Lippen zusammen, nickte sich selbst Befriedigung zu und murmelte vor sich hin: »Ausgeßaichent!« dem er daraus nach einer Weile: »For die Dams« nachfolgen ließ. Diese Ansicht über meinen Lebensberuf entschied mein Schicksal. Mortje nahm mich bei sich auf und verpflegte mich in einer Art Boardinghouse mit mehreren anderen jungen Herren meines Geschlechts, legte sein Geld auf mein gutes Aussehen an, lehrte mich das Geheimniß, durch Nichtsthun sein Glück zu machen und durch Fensterpromenaden Herzen zu gewinnen, und machte mir den Begriff ›Taille‹ in des Wortes verwegenster Bedeutung klar.

Ein süßer Unsinn trat in mein Leben, die doppelköpfige Hydra deutscher Sentimentalität und jugendlicher Liebesseligkeit wand ihre zauberischen Ringel um mein liebedürstendes Dasein, vergessen war der hochstürmende Flug edler Geburt,

> nur Liebe, Liebe wehete aus Morgenluft,
> nur Liebe, Liebe glänzte aus Sternenschein,
> nur Liebe, Liebe flötete die Nachtigall!

So eine dumme Nachtigall hat gut flöten; sie flötet und liebt, und liebt und flötet; von dem, was mir im Herzen sich regte, von einer *reichen* Liebe hat so eine Creatur gar keine Ahnung. Weil ich Dir gegenüber gewissermaßen in der Lage eines Beichtkindes bin, das nichts als Irrthum und Thorheit zu bekennen hat, so wirst Du vielleicht vermuthen, ich hätte das Eigenschaftswort › *reich*‹ auf *Liebe* bezogen, ich hätte meine Fantasie in dem ›Raum der engsten Hütte für ein zärtlich liebend Paar‹ spazieren geführt, ich hätte den Inhalt meines Lebens in Gras und Blumen eingesargt, ich hätte so etwas Hölty-Jean-Paul-Johann-Heinrich-Voß-kleinbürgerlich-kümmerlich-Idyllisches an mir gehabt; nein, mein Sohn! durchs Examen war ich gefallen; aber so dumm war ich nicht: ich bezog das Epitheton › *reich*‹ nicht auf die *Liebe*, sondern auf den *Gegenstand* meiner Liebe.

Hier wäre nun der Ort, meinem unvergeßlichen Freunde, Mortje, einen Päan zu singen, und gewiß würde ich denselben anstimmen für alles Das, was er an mir gethan hat, wäre mir im Laufe meines Lebens nicht klar geworden, daß alle menschlichen Wohltaten trübe Ausflüsse engherzigen und selbstsüchtigen Egoismus sind. Mortje hat viel an mir gethan, er hat mich eigenhändig malochert, das heißt diesmal, wenn ich so sagen soll, ad deteriorem; er riß mir nämlich die Füllenzähne aus und machte mich älter, als ich war. »Eine gewisse Gesetztheit,« sagte mein würdiger Freund, »erweckt Vertrauen, führt rascher, sicherer zum Ziel, hol der Teufel die Studentenliebschaften! Was kann 'er nach kommen? Ich bin en Mann for's *Geschäft!*« Aber mein unvergeßlicher Freund hatte seine Auslagen für mich und seine Anlagen auf mich im Auge, er führte meine unerfahrene Jugend *seinen* Weg, machte einen Strich unter seine Rechnung, nahm mit 75 Prozent vorlieb und überließ mich meinem Schicksale und der reizendsten bürgerlichen Dame meines Vaterlandes.

Mit geraspelten Hufen, mit gestriegeltem Fell, mit geschorenen Fesseln und coiffirten Mähnen und Schweif mußte ich unter seiner Anleitung täglich vor dem Hause Malchens courbettiren.

> Malchen Lembke's, die die reiche
> Tochter war des alten Lembke,
> Enkelin des reichen Hiltmann,
> Der Bockschäfer einst genannt war;
> Schweigsam, züchtig, wie Ximene,
> Tiefversenkt in die Pantoffeln,
> Die sie für den Onkel stickte,
> Der noch Fett hatt' auf den Rippen,
> Den sie zu beerben dachte,
> Saß die Holde an dem Fenster,
> Nur verstohlen auf die Straße
> Und auf die Courbette blickend,
> Die ich täglich schweifgehoben
> Opfer ihren Augen brachte,
> Täglich 'rauf und 'runter machte.

> Rückwärts, rückwärts! alter Schimmel.
> Vorwärts trieb dich dein Verlangen,

> Wärst du rückwärts stets gegangen,
> Rückwärts lag dein wahrer Himmel.

Mein Sohn, wie sich die Dämmerung auf den leuchtenden Tag legt, legt sich die Schwermuth auf die grüne Weide der Hoffnung; sie schleicht leise heran, mit mildem, Alles vergeistigendem Zauber deckt sie das Schroffe und Störende; ihr leiseflüsternder Flügelschlag fächelt Dich ein in die Träume seligen Schweigens, und wenn dann Dein müdes Auge die schwere Wimper aufschlägt, dann ist's Nacht um Dich; die grüne Hoffnung ist schwarz geworden, als wäre Reif auf die Flur gefallen, rings um Dich ist nichts!

> Und wenn Dein Auge dann
> Nach neuen Sternen
> Nach Quellen neuen Lebens
> Weit suchet in den Fernen,
> Dann sucht es wohl vergebens!

Wie die Schabracke eines Trauerzuges liegt die Schwermuth auf mir, wenn ich jener Zeit gedenke, in welcher ich bald mit dem waghalsigsten Muthe auf den zerbrechlichsten Sprossen der Traumleiter, welche zum Liebeshimmel führt, herum balancirte und mit den Jubelliedern eines problematischen Sieges den störenden Ernst mit seinen langweiligen, nüchternen Betrachtungen aus der Seele scheuchte, bald in energieloser Sentimentalität vor den Strahlen schöner Augen in charakterlose Weichheit verschwamm, wie – nun, wie sage ich gleich – wie Butter an der Sonne. – Ach! und wenn's nur Schwermuth wäre, die mir die lachendem Fluren der Erinnerung verdüstert; aus der Schwermuth Nacht ist das Gespenst der Reue geboren, das mir nun hohnlachend zu spät die richtigen Wege zum Glück zeigt. Rückwärts, rückwärts! hätte ich weichen sollen; noch einmal hätte ich es mit dem Examen versuchen sollen, meinen unvergeßlichen Freund Mortje hätte ich fliehen sollen, wie der Menschen Aeltermutter die Schlange, rückwärts lag meine Ehre und mein Ruf. Mortje, mein unvergeßlicher . . . ., nein, dieser Teufel meines Lebens, machte aus mir das beklagenswerteste Geschöpf der Erde, er entfremdete mich der Natur, er nahm mir den besonnenen Schritt und den energischen Trab, er machte mich zum schwächlichen Paßgänger und impfte mir das erbärmliche Philisterthum des kurzen Galopps ein; ohne die geniale Genußfähigkeit eines Don Juan und ohne den diabolischen Triumph der Unsittlichkeit eines Casanova ward ich nicht mehr und nicht weniger als ein gewöhnlicher Damenknecht, ein *Zelter* in der Sprache gäng und gäber Romantik. Mein Sohn, ich verhülle mein Angesicht. Ein königlich preußischer Baugefangener hat kein besonders anziehendes Loos, aber tausendmal lieber möchte ich das gelbgraue Gefieder dieser Karnalljenvögel tragen und an ihrer klirrenden Kette ziehen, als an Rosenketten die verschiedenen Triumphwagen der verschiedenen Seraphinen und Engel und Huldinnen und Göttinnen. Ein richtiger Damenknecht ist der beklagenswerteste Narr der halben Menschheit, man sagt freilich der schönern und bessern Hälfte, und das würde ein sehr beruhigender Trost sein; aber, mein theurer Sohn, jetzt an den Pforten des Grabes, von den schimmernden Illusionen der jugendlichen Liebe und ihren süßfesselnden Banden erlös't, frage ich: schönere? ja! obgleich einmal durch Lessings Laokoon ich anders überzeugt war; bessere? Mein Sohn, ich schüttele mit dem Kopfe, und überlasse es Dir, zu entscheiden, ob mein Kopfschütteln dieser Frage oder den Kartoffelschalen meines Lumpensammlers gilt.

›Dem sei nun wie ihm wolle‹, wie eine edle Persönlichkeit in ihrem dunkeln Drange öfters zu sagen beliebte; Lembke Vater besuchte Mortje; Mortje war freundschaftlich genug, mich als den Dritten zu einem vertraulichen Gespräch auf seinem Hofe einzuladen, bei welcher Gelegenheit viel die Rede war von Rücksichten, die man auf mich zu nehmen hätte – man betrachtete mich nämlich, wie ich dort auf- und abspazierte, stets von der Rückseite – und so wurde ich engagirt, Malchen Lembke's Leben zu versüßen: Malchen sollte mich reiten. »Herr Lembke,« sagte mein unvergeßlicher Freund Mortje, als der Handel geschlossen war, »soll ich holen lassen ein Schnäpschen Wein?« – »»Danke, Herr Mortje,«« war die Antwort von Malchens Vater. – »Herr Lembke,« sagte mein väterlicher Freund und begann sich zu verschwören, »hätten Sie gesagt ›ja‹, hätt' ich holen lassen 'en Pegel.«

Nie ist ein Handel zu so allgemeiner Zufriedenheit abgeschlossen worden; Mortje war zufrieden, Lembke Vater war zufrieden und vor Allem war Malchen zufrieden. Die Holde kam zu mir, streichelte mich sanft, lehnte sich an meine Schulter und war emancipirt genug, in der blonden Lockenfülle meiner Mähne zu krabbeln. »Herr Onymus« – denn so hatte Lembke Vater meinen unglücklichen Namen corrumpirt – »Herr Onymus, du sollst meine unerfahrene Jugend durch den Schmutz der gemeinen Lebenswege tragen. Willst du?« fragte die Schmeichlerin leise. »Mein Vater ist reich; der goldene Hafer deiner Existenz soll dir scheffelweise zugemessen werden, die glänzendste Equipirung sei dein, und bedient sollst du werden, als wärst du der Sohn vom Hause, denn du hast uns viel gekostet! Und nur Eins verlange ich: du sollst mein sein, ganz mein! Deine Schritte gehören mir, du ziehst fortan an dem Wagen meiner Triumphe, du beugst willig den stolzen Nacken unter der sanften Führung weiblicher Huld; du wirst mir leibeigen!« flötete die Holde in zarter de la Motte Fouquéscher Romantik und erröthete Caroline-Pichlersch bis unter die Locken, trotzdem daß Heinrich-Claurensch ihr wonniges Herzchen vor Freuden unter den Schneehügeln wupperte und pupperte. »Aber,« setzte sie mit leisem Aufleuchten zukünftiger Energie hinzu, und mir war's, als ob ein Katzenpfötchen über den glatten Spiegel ihrer Mondscheinseele flog, in welcher sich Liebesgötter zu Dutzenden badeten; »aber den dummen Umgang mit Mortje verbitt' ich mir entschieden!« – Nun sprich Du, mein Sohn, der in den Gärten der Liebe den zartesten Blumenkohl gezogen hat, konnte ich, der ich mir die Liebe zum Lebensberuf auserkoren hatte, vor dem holden Räthsel ihrer ersten, Seligkeit verheißenden Ausgabe zurückschrecken? Nein! Sie hatte de la Motte Fouquésch gefragt, ich antwortete à la Motte Fouquésch mit dem klugen braunen Auge darauf, beugte sanft den stolzen Nacken, und weil die Natur uns grausam die Gabe versagt hat, à la Caroline Pichler bis unter die Locken zu erröthen, wedelte ich à la Hund mit dem Schweif, und da mir mein Herz nicht Claurensch wupperte und pupperte, wupperte und pupperte ich mit allen vier Beinen, wieherte ein fröhliches ›Ja‹, und am andern Morgen sagte Frau Schröder zu Frau Meier: »Haben Sie's schon gehört, Frau Gevatterin, der alte reiche Gutsbesitzer Lembke hat richtig seine Tochter dem Herrn Onymus angeschnallt. Mortje hat das Verhältnis zu Stande gebracht.« –

Der liebe Gott hat die zweibeinigen Menschen erschaffen mit ihrer Herrschsucht, mit ihrem thörichten Wahn eines Alles besiegenden Gottesgnadenthums; der liebe Gott hat uns Rosse erschaffen mit der vierbeinigen Großmuth geduldiger Kraft, wir spannen wohl unsere Sehnen, aber schießen den Pfeil unserer gerechten Rache nicht los gegen unsere Unterdrücker, denn der liebe Gott hat auch die Liebe erschaffen und in ihrem Gefolge den Gehorsam, die duldende Hingebung gegen das schwache Geschlecht. – Ach, die Liebe!! –

Mein Sohn, Tausende und aber Tausende haben ihre Federn und sich selbst stumpf geschrieben über dies Thema; ihre Wünsche, Gefühle und Erinnerungen an das punctum saliens *jedes* Daseins strömen als lyrische Sündfluth durch das verwässerte Leben; Tauben genug! aber wo der Oelzweig, der Frieden verhieße vor der Ueberschwemmung? – Wo der Regenbogen, der hinüberleitete zu sicherer Feste? – Theures Kind meiner Unvergeßlichen – ich werde kein Narr sein und in meinen alten trübseligen Kartoffelschalentagen von Armidens zauberischen Gärten phantasiren; die Welt hat längst in dem reizenden Liede:

›Liebe, Liebe is mich nöthig!‹

den wüsten Ausdruck eines Sinn und Sein bewältigenden Verlangens gefunden; im Uebrigen lies Clauren und, wie ein guter Freund von mir zu sagen pflegt: etcetera pp. und in dergleichen Sachen. Ach! und doch! Während ich in der vollen Hartherzigkeit eines vernachlässigten Alters mich gegen jede Expectoration sträube, klemmt mir die Erinnerung an jene Zeit, wo die Psyche den schlafenden Eros mit dem Oeltropfen weckte, die Rippen zusammen, und aus dem ausgepreßten, vertrockneten Herzen steigt noch ein letzter milder Oeltropfen alles Mißgeschick ausgleichender Verzeihung in's trübe Greisenauge und fällt als versöhnende Thräne der Erinnerung in's modernde Stroh meines Lagers.

Also mit der Liebe in abstracto wäre ich fertig! Nun wäre sie mir noch in concreto zu behandeln.

Malchen Lembke, ›Tochter sie des alten Lembke‹ &c. war mir in romantischer Ritterlichkeit zugethan, d. h. die Romantik hatte sie aus den Leihbibliotheken, und die Ritterlichkeit stammte aus dem Gute Pümpelhagen, und die Verbindung von Ritterlichkeit und Romantik war auf die Leibeigenschaft von meiner Seite basirt. Das Ganze wurde *natürlich* ein rein platonisches Verhältniß. Sie hielt sehr darauf. Wenn ich mit meinen klugen de la Motte Fouquéschen Augen zuweilen während meines ritterlichen Dienstes nach den äußersten Sohlen ihres reizenden Fußes zu schielen mir erlaubte, beliebte sie mir einen schnalzenden Schall zu appliciren, der beinah wie ein Peitschenhieb klang, und die Lösung dieser hinterrückischen Frage war kurzer Galopp, wahrscheinlich – sie sprach es nie aus – dachte sie dabei: »Sie Schäker!«

Diese kleinen Applicationen hätten bleiben können – man wird sie allmählich gewohnt – *ich* hätte bleiben können, und Alles wäre gut gewesen; aber – wie mein alter, ehrlicher Lumpenfahrer noch gestern sagte, als die Sohle seines linken Stiefels Abschied von ihm nahm –»up nicks is mihr Verlat!« – Diese Unzuverlässigkeit aller fata morgana in der Ehe – denn unsere Ehe war jedenfalls eine morganatische – sollte ich bald empfinden: rohe Dicknäsigkeit trat in den Tempel meines Glücks und warf Zartheit, Empfindung und den ganzen seligen Apparat der Liebe zum Tempel hinaus, setzte Deinem alten Urältervater jene schwarze verhängnißvolle Brille auf, durch die man die *Strahlen* der Liebessonne zwar schlecht, ihre *Flecken* aber desto besser sieht, und setzte sich dann mit breitester Grundlage in die weichen, durch den Ehepact garantirten Polster meiner ewigen Gefühle.

Die äußern Verhältnisse meines äußersten Verhängnisses waren aber folgende:

Frühling war's, durch Maienlüfte
Zogen zarte Liebesdüfte,
Und wie sonst in schönen Tagen
Sollt' ich heut mein Malchen tragen
Durch die frischen grünen Felder
In die Einsamkeit der Wälder;
Silberlicht des Monds hernieder
Floß vom Himmel; um die Glieder
Malchens bis hinab zum Sand
Floß ein züchtiges Gewand;
Sterne leuchteten von oben,
Strahlten wie von lichtem Golde,
Und Dein Urahn, schweifgehoben,
Trug im leichten Paß die Holde, –

Da kam aus der Nacht entgegen
Auf des Truges finstern Wegen
Ein geheimnißvoller Degen.
Lieutnant war er, rothbebartet,
Tückevoll und schlecht geartet.
Dick von Nase, roth von Wangen,
Sein Gehirn war aufgegangen
In der Polstrung seiner Waden,
Und dann hatt' er schief geladen.
»Freundin,« sprach er, »ich bin hier!«
Sprang herab von seinem Thier –
'S war ein Fuchs und zwar 'ne Stute. –
Ach! wie ward mir da zu Muthe!
Eifersücht'ger Spähne Flammen
Kochten ein Gericht zusammen,
Satan das Recept mir gab;
Als die zarteste der Frauen
Es versuchte, im Vertrauen
Meiner Liebe mich zu hauen,
Bäumt' ich mich und setzt' sie ab.

Mein Sohn! Mein lieber Sohn! Wenn die Liebe über die Creatur kommt, dann ist's Einem zu Muthe, wie einem Huhn, dem der Kopf abgeschnitten ist; aber, wenn sie Einen verläßt, dann ist's, als wenn Einem die Beine *dazu* abgeschnitten sind. – Wohin? Was? Wo? – Bleiben? Nein! – Aber wohin? – Gewöhnlich hilft hier der Instinct; mir wenigstens. Die Büsche eines blühenden Schwarzdorns hatten sich über die Tugend des Lieutenants und Malchens zusammengeschlungen, wahrscheinlich um sie die Dornen ihrer Zukunft so recht ahnungsvoll romantisch voraus fühlen zu lassen; *ich*, in der Zerrissenheit meiner Seele und meiner Zügel, die nämlich bei der Revolution meines Entsattelungsversuches richtig gerissen und frei waren, lief umher in der ehrlichen Absicht, mich von einem national-mecklenburgischen Felsen hinabzustürzen. Da ich aber den nicht fand, – so ließ ich es mir gefallen, Deine theure Aeltermutter, die Fuchsstute des Lieutenants

In des Waldes tiefsten Gründen
Und im Dickicht tief versteckt

zu finden, wo sie von der Hand jenes rothbärtigen Mädchen-Räubers an den jungen Stamm einer Birke gefesselt war.

»Madame,« wieherte ich leise in jenem Ton tiefer unterdrückter Empfindung, der nur unserm Geschlechte und einigen bevorzugten jungen Menschenpoeten eigen ist und bezeichnend ›Nörriken‹ genannt wird, »Madame, mit wem habe ich die Ehre?« »Diamond aus der Semiramis,«« war die leise, entgegengenörrikte, nur von mir und dem jungfräulichen Maienlaub vernommene Antwort, »»und Sie?««

»Hiero . . . .« wäre ich bald unvorsichtig herausgeplatzt, verbesserte mich aber schnell: »meine Mutter war eine Walebone.«

»»Oh, dann beschwöre ich Sie bei der Ritterlichkeit Ihrer geehrten Ahnen, retten Sie mich aus der Barbarei jener rothbärtigen Canaille, deren Brutalität ich zu tragen habe. Der Mensch hat gar keine Meriten, außer daß er als Feldwebel einmal gewisse dumme Kanonen dem Feinde auf dem Schlachtfelde abgenommen, reißen Sie mich aus dieser Lage!««

Und ich riß und wir rissen aus.

In dem raschesten Tempo eines Lanner'schen Galopps durch die grünen Guirlanden eines göttlichen bal champêtre schnaubten und brauseten wir unter den tausend Lampen der Sterne und dem silbernen Strahlenlüstre des Mondes dahin, Beide frei, Beide der Tyrannei entronnen. Der Zügel unserer Knechtschaft war abgestreift, die engen Gurten unserer Sclavenlast waren geplatzt, wir gingen durch, wir gingen prachtvoll durch!

Aber wohin? Für's erste war uns dies sehr gleichgültig. Die Freiheit der Jugend ist ihr eigenes Ziel, sie hat kein anderes, sie ist wie der Morgenwind, der Ihnen, Madame, den Schleier vom Antlitz zu ziehen sich die Freiheit nimmt, nicht etwa um in Ihre schönen Augen zu sehen und Ihre Wangen, Ihren Rosenmund zu küssen, nein! das lose, leichtfertige Spiel mit Ihrem Schleier, das Flattern genügt ihm; und vergolden dann die Strahlen Ihrer Augen seine Schwingen und mischt sich dann der würzige Hauch Ihres Kusses mit seinem frischen Athem, dann haben Sie ihn um eine holde Erinnerung reicher gemacht, die er Ihnen vielleicht dereinst aus den dunkeln Büschen des stillen Wiesenpfades zusäuselt, wenn er am Abend als lauer West mit schlaffen Schwingen zu Ihnen zurückkehrt und mit seiner Thränen Thau reuig den Saum Ihres Kleides küßt. Werden *Sie* aber, Madame, auf den Flügeln der Liebe eben so hoch und rasch getragen, wie *er* auf den Flügeln der Freiheit, warfen *Sie* den Ballast des Lebens – den wir Verhältnisse und Rücksichten nennen – aus dem lustigbewimpelten Schifflein Ihrer kühnen Seele, emanzipiren Sie sich von den letzten Stricken und Banden, mit denen Sie an die gemeinen Straßen und Wege zum irdischen Glücke gefesselt sind, lachen Sie der dummstaunenden, gaffenden Gesichter dort hinten, dort unten, – dann beginnt ein heiteres, luftiges Spiel: Liebe und Freiheit spielen Haschemännchen und Blindekuh in den dichten Nebeln, sie jagen Zack um die Wolken; wie ein Blumenblatt vom Winde getragen wirbelt die Liebe in den blauen Aether hinein, immer höher und höher bis in die eigentliche Heimath beider, und dort schwimmen sie dann in seliger Erdenvergessenheit, über sich leuchtende Strahlenfluthen, tief unter sich Nebel und Wolken. – Oder, Madame – das Schifflein der Liebe ist zu schwach für die stürmende Freiheit, es platzt etwas an dem luftigen Apparat und es erfolgt ein jäher, vernichtender Sturz.

Ach! – Mein theurer Sohn, auch unser Loos!

Wie schon erzählt, ging ich mit Deiner theuren Aeltermutter durch. Der dunkle Wald war verschwunden, ein reiches, blühendes Feld hoffnungsreicher Entwürfe lag vor uns; Mond und Sterne, die trübe Gasbeleuchtung für die dunkeln, naßkalten, ewig tröpfelnden Gassen der Empfindsamkeit, waren verschwunden, tausend Sonnen leuchteten an unserm Himmel und bestrahlten tausend und aber tausend Blumen an unserm Wege. Es ist dies poetisch, aber durchaus nicht übertrieben gesprochen, wie Du leicht ersehen wirst, wenn ich Dir sage: wir waren in ein Kleefeld gerathen.

»Diamond,« sagte ich, »wie wär's?« und winkte auf die jungen blühenden Häupter der Kleebevölkerung unter uns herab.

»»Walebones Sohn, Erbsohn Bucephalischer Erbweisheit, welches Wort ist dem Zaun Deiner Zähne entflohn!«« antwortete die Holde. »»Größeres steht uns zu hoffen!«« Und mit aristokratisch-vornehmer Geberde beugte sie den stolzen Nacken, roch an den Blumen, wie ein fetter Rathsherr, dem Rehbraten winkt, an den Producten einer Armenspeisungsanstalt riecht, zertrampelte im kindlichen Uebermuth das blühende Feld, wobei sie bei jeder Blume, welche ihr zarter Huf traf: »er liebt mich – liebt mich nicht« leis' vor sich hin nörrikte, und als mit dem Todesseufzer der letzten sterbenden Kleeblume ein jubelndes: »er liebt mich!« sich mischte, schlug sie vor Freuden mit beiden Beinen hoch in den lichtdurchströmten Aether hinaus, lächelte in holder Verschämtheit mir zu, und *fort!* ging sie abermals durch Felder und Wiesen und Hecken und Gräben, wie das Brauch ist nach so süßem Geständniß! *Ich* natürlich ihr nach; aber wo blieb Itzig!! Ihr zartes Gangwerk tanzte im leichten Amphibrachys: ›Back Appel, back Appel, back Appel . . . .‹ über die Flur, prallte wie ein Ball aus Kautschuk, Guttapercha, Gummielastikum und ähnlichen Stoffen über die Hecken, schwang sich im leichtesten Bogen über die Gräben und machte erst in der reizenden Umgebung eines grünen Weizenfeldes Halt.

Endlich kam ich ihr nach; ich gestehe Dir, etwas verdrießlich. Ich würde mich nicht beklagt haben, hätte die Göttliche einige leichte Hindernisse meiner Liebe in den Weg gelegt, das gehört sich so, und jeder Roman wird Dir zeigen, daß so etwas durchaus zum wahren Glücke notwendig ist, d. h. bei Interessenten von höherer Organisation. Hans und Liese freien sich freilich, wenn sie ein Bett haben und drei Laken Linnen, doch für Unsereinen kann dies nicht maßgebend sein. Aber warum mußte Deine unvergeßliche Aeltermutter denn auch grade fünf Fuß hohe Schlagbäume und sechzehnfüßige Gräben in den Lauf meiner Liebe legen, zumal sie sah, daß ich an der reichen Krippe des reichen Lembke zu einem gewissen Embonpoint gelangt war, und meine täglichen Gewohnheiten sich höchstens zu einem kurzen Galopp verstiegen? Ach, mein Sohn, die Liebe sitzt so voll Schelmereien, wie der Esel voll grauer Haare, wie die Rose voll Dornen, und wenn sie Dich mit diesen ritzt und neckt, dann danke Gott, wenn sie sich herbeiläßt, die kleinen brennenden Schrammen mit kühlenden Rosenblättern zu verbinden.

Mein Verdruß schwand bald bei dem beseligenden Anblick Deiner theuren Aeltermutter, die im neckischen Spiel ihr geliebtes Antlitz unter Weizenhalmen versteckte und mit Perlenzähnen hinter denselben hervorlächelte. Wenn ich Perlenzähne sage, so meine ich nicht jene kleinen unbedeutenden oder gar nachgemachten Dinger, von denen die Menschenpoeten singen, nein! Diamond besaß eine Schnur Zahnperlen von erklecklicher Größe, die als ein Erbstück ihres Geschlechts auf sie gekommen waren, und die sie in spielender Coquetterie um die Weizenhalme schlang, was man im gewöhnlichen Leben ›Grasen‹ nennt. Bald fand auch ich Vergnügen an dieser befriedigenden Unterhaltung, und wir gras'ten ein schön Stück Weizenfeld ab. Eine sabbathliche Ruhe – denn es war Sonntag – lagerte sich über die Felder, keine störende Menschenseele zeigte sich; die grünwallenden Weizenwogen brachen sich an dem Gestade eines Waldsaums; wie buntbewimpelte Barken schifften Schmetterlinge gaukelnd und schaukelnd drüber hin, blaue Seejungfern spielten darin, und die Sonne tauchte ihr goldenes Strahlennetz hinein, und in diesem Meer von Wonne lagen wir und wälzten uns darin und gönnten der übrigen Welt Alles und Jedes, vorausgesetzt, daß man uns in Ruhe ließ. – Mein und Dein! Schnöde Begriffe, gut für den staubigen Markt des Lebens! Die grünen Inseln der Liebe kennen euch nicht, ener Name findet keinen Wiederhall in den seligen Hainen! Die Luft der Freiheit, die Sonne der Liebe, das Weizenfeld der Existenz – *Jedem* gehören sie, der danach greift, der ihrer bedarf! – Mein Sohn, Deine Aeltermutter und ich waren, ohne es zu ahnen, praktische Communisten in des Worts verwegenster Bedeutung geworden.

Da lagen wir am schattigen Saum des Waldes, wo der frische Bach aus dem geheimnißvollen Dunkel hervorrauschte,

›von der badenden Nymphen Idyllien lieblich umflüstert‹,

von dem Weizenvergnügen ausruhend und verdauend. Diamond hatte in reizender Natürlichkeit alle vier Beine von sich gestreckt, in ihrem träumerischen Auge las ich die Frage jeder Glücklichen: »Bleibst Du mir auch treu?« – »»Auf ewig!«« antwortete ich, jagte einige zudringliche Fliegen mit dem Schweife von meinem Rücken, und wollte mich eben noch auf parole d'honneur dazu verschwören, als eine rohe Stimme mich ganz nahe mit dem Ausruf unterbrach:

»Herr Gott du meines Lebens! Vatter, kik blos minen Weiten!«

»»Wo? Dat sünd jo woll den Herrn Grafen sin will' Swin wedder west?««

»Dat sünd kein will' nich west, dat sünd kein tamm nich west, dat sünd gewiß Jochen Schulten sin Mähren wedder west!« rief der Besitzer des Weizenfeldes.

»»Hir liggen s'!«« rief sein Gevatter und kam auf uns los.

Wir blieben ruhig liegen, nicht im Bewußtsein unseres Rechts – nein! beide Begriffe existirten für uns nicht mehr, sie waren in den Begriffen von Liebe und Freiheit untergegangen – nein! wir blieben liegen in dem behaglichen, dickfelligen Gefühle gesättigten Glücks.

»Oh, de entfahmten Schinners! Jochen Schulten sin sünd 't æwer nich!«

»»Den einen Hund, den'n kenn ick; dat is de Herr Onymus, mit den'n Male Lembken süs is ümmer mit 'rümmer jökelt,«« und damit warf er Deinem Vorfahren eine getheerte Peitschenschnur um den Hals.

Man braucht grade nicht in der Türkei gewesen zu sein, um zu wissen, was eine Schnur um den Hals bedeutet. – Wie ein Lamm zur Schlachtbank folgte ich; ich hatte das richtige Gefühl: mit der Freiheit war's vorbei, seitdem ich den Sinn für das Mein und Dein verloren hatte. Der dumme Philister will nun einmal nicht junge verliebte Helden, geniale Geister, excentrische Charaktere auf seine Kosten leben lassen.

Unter den rohesten Ausrufungen und Beschimpfungen führte mich der Bauer Swart in's Dorf; die zarte Diamond wurde ungefähr ebenso von dem Bauern Witt geführt.

Spott, Verwünschungen und grausames Gelächter empfing uns hier; eine dunkle Höhle eröffnete sich uns, Peitschenhiebe trieben uns hinein, der Modergeruch dumpfen Strohs qualmte uns entgegen, die Thür schloß sich – mein Sohn, verhülle Dein Antlitz! – Deine Ureltern waren im *Schuldgefängniß*, wie die Menschen es nennen, nach unserer Ausdrucksweise im – *Pfandstall*.

Das war das Loos des Schönen auf der Erde! Das war der jähe Sturz aus den lichten Aetherhöhen ursprünglich naturgemäßer Freiheit und Liebe in den finstern Abgrund – nicht der Hölle, nein! was schlimmer ist als Hölle – auf conventionellem Recht gebauter Zivilisation!

Halte diese Striche nicht etwa übereilt für Censurstriche. Leider habe ich Dir das Bekenntniß ablegen müssen, daß ich in meinem vielbewegten Leben die Bekanntschaft mit dem Pfandstall habe machen müssen; *nie* aber, auf *Taille!* – die, weiß Gott, in diesem Augenblicke so schmal ist, wie es nur die extremste Pferdenatur zuläßt – *nie* aber habe ich Bekanntschaft mit der Censur gemacht. Davor bewahrte mich das Andenken an meine Geburt! Gegen mein natürliches Princip habe ich nie gesündigt.

Diese Striche sollen Dir nur andeuten, daß hier eigentlich eine naturphilosophische Abhandlung über das Verhältniß der absoluten Freiheit zu dem heutigen Standpunkt der Civilisation folgen sollte, die ich im Pfandstall zur Verherrlichung der ersteren niedergeschrieben habe – man schreibt nie besser über Freiheit, als wenn man hinter Schloß und Riegel sitzt, sowie man nie besser den Werth des Geldes zu schätzen weiß, als wenn man keins besitzt – und die ich einmal aus Noth für eine Kleinigkeit habe versetzen müssen. – Ich fürchte aber, sie ist verfallen. Ist die Freiheit verfallen, und war keiner da, der sie einlösen wollte, so mag auch die Abhandlung über die Freiheit verfallen. *Du* wenigstens löse sie nicht ein; es könnte Dir in Deiner jetzigen Stellung Schaden thun.

Einige Tage saßen wir so; unser Fall wurde mit rohester Oeffentlichkeit in den Tagesblättern besprochen, unsere Signalements wurden bekannt gemacht, und ich gestehe Dir, daß ich an den Rand der Verzweiflung gerieth, als mir die polizeiliche Beschreibung der Reize Deiner holden Aeltermutter, meiner angebeteten Diamond, vor Augen kam. Wie schauderhaft würde sich die Mediceische Venus ausnehmen, wenn man ihre Schönheiten polizeilich registrirte, classificirte und rubricirte! Ich war auf den Punkt gekommen, wo ich Demagog hätte werden können, nicht gegen das regierende Haus – Gott soll mich in allen Gnaden davor bewahren! – nein! bloß gegen die wohllöbliche Polizei.

Zum großen Glücke erfuhr Diamond nichts von der Entweihung ihrer zarten Persönlichkeit, sie wurde vorher reclamirt und ausgeliefert. Unter diesen Umständen und in diesen Umständen für sie ein Glück, für mich ein schrecklicher Schmerz!

Zwei Tage nach dieser trüben Trennung – ich sah sie nie wieder – kam ein Geschäftsführer von dem reichen Lembke in Gestalt eines Reitknechts und lös'te mich aus.

»Armer Teufel!« sagte die mitleidige Stallknechtsseele, als sie mich erblickte, »wie siehst Du aus!« So hatten Kummer und Gram,

Trennungsschmerz und ohnmächtiges Rachegefühl, vor Allem aber die schlechte Kost in dem Pferdestall mein niedliches, aalglattes Embonpoint ruinirt! »Ach,« setzte der gutmüthige Friedrich hinzu, »armer Schelm, armer Herr Onymus, wie wird es Dir ergehen! Nicht um die Schätze der Welt möcht' ich mit Dir teilen.«

»»Sind keine Fremde da?«« fragte ich mit tonloser Stimme und warf meinen letzten Hoffnungsanker aus. Denn das wußte ich, wenn Besuch bei Lembkes war, dann war das Haus ein festlich geschmückter Tempel der Eintracht, von den süßen Düften der Milde und der Vergebung durchräuchert, der alte Lembke-Vater saß dann oben auf dem Orgelchor seiner Häuslichkeit und sang Loblieder auf das Familienglück, Madame Lembke-Mutter war dann Vorbeterin und Fürbitterin für alle möglichen Sünder, Nanting Lembke und Lipping Lembke, im gewöhnlichen Leben zwei Rangen erster Classe, wurden dann zu einem Paar frommer Chorknaben, die das Feuer kindlicher Liebe auf dem Altare des Gehorsams schürten und ihren Erzeugern mit den Rauchfässern der Zärtlichkeit und Hingebung unter die Nase gingen, und durch die ganze häusliche Andacht schwebte Malchen im weißen Kleide, wie ein sichtbarer Engel des Friedens und stieß in die Posaune, der Welt das Glück von Pümpelhagen zu verkünden. Also weil ich diese Umstände kannte, fragte ich: »Sind keine Fremde da?«

»»Nein, – ja! Der Herr Leibmedikus Borchert sind da,«« war Friedrichs Antwort.

Der gutmüthige Bursche ahnte nicht, daß er mit dieser Nachricht allen meinen Hoffnungen den Todesstreich versehe. Borchert, dieser Erbfeind meines Geschlechts, den ich einst tödtlich beleidigt hatte, als ich noch auf den Höhen der Gesellschaft strahlte, der mich mit unauslöschlichem Haß verfolgte, vor dem die ganze Lembke'sche Familie sich nicht genirte, ihre alltäglichen häuslichen Kriege aufzuführen, der dieselbe in ihrer ganzen gladiatorischen Nudität kannte, *der* war in meinem Sinne kein Fremder. Auch der alte Lembke wollte ihn nicht so betrachtet wissen: »Kinder,« hatte er mal vor Jahren bei irgend einer Gelegenheit gesagt, »vor unserm Hausarzt keine Heuchelei! Er kriegt die Wahrheit doch zu wissen: praesente medico non nocet, wenn wir uns auf's Natürlichste un Unbefangenste gehen lassen. Male, Dirn, gleich zeigst Du Deine

Hand! Sie wollt' der Stubendirn eins an den Hals geben, Dokter, und die parirte mit der Wasserflasche und da hat sie sich geschnitten. – Philipp, Schlingel, gleich kommst Du her und ziehst die Jacke aus. – Ja, braun und blau sieht er aus, ich gestehe es, es ist ein bischen arg geworden; aber warum maus't der verfluchte . . . . Schlingel mir auch die Apfelsinen aus dem Schrank! – Und ich, Dokter, hab's wieder in der linken großen Zehe, ich habe mich gestern mordsmäßig über meine Altsche geärgert.«

Langsam, ach, wie langsam trotz Friedrichs aufmunternder Rippenstöße! gelangte ich vor das Herrenhaus zu Pümpelhagen. Die Lembke'sche Familie, Borchert mit eingeschlossen, saß vor der Thür. »Hier ist er,« sagte Friedrich, »sieht erbärmlich aus.«

Lembke-Vater erhob sich mit gestreiftem Sommerkittel und grüner Maroquinmütze, blies den Dampf seiner Meerschaumpfeife den letzten Strahlen der Abendsonne entgegen und sagte mit dem Nachdruck der tiefsten Empörung das Wort: »Schinner!« – »»Lembking, Lämming!«« sagte Lembke-Mutter, »»so 'ne Ausdrucksweise hört in's Haus, aber nicht vor die Thür, wo Jedwerein es hört! Meliorir Dich doch ein Bitschen!«« – Und Amalia? – Du weinst, Amalia? dachte ich und versuchte als captatio benevolentiae ein leises Schweifwedeln mit obligatem Nörriken. – »Nie!« sprach Amalia und erhob sich mit dem liebenswürdigen Zorn jungfräulichen Unwillens im Antlitz, »Rücksitzlosigkeiten verzeihe ich niemals!«

Mein Urtheil war gesprochen. Der gutmüthige Friedrich führte mich ab, Nanting Lembke gab mir einen Steinwurf als Viaticum und Lipping einen Peitschenhieb auf den Weg, der direct in eine gewisse Anstalt cum carena führte, wie wir es nennen in den Kaffstall. Hinten aber stand der Leibarzt Borchert und grins'te meinem Elend durch mephistophelische Maske ein »Proficiat« zu. Und da stand ich:

> Arm am Beutel, krank am Herzen;
> Und da schleppt' ich meine Tage.
> Armuth ist die größte Plage,
> Reichthum ist das höchste Gut!

Und zu der Armuth, mein theurer Sohn, kam der Müssiggang; der Müssiggang, der für den Armen dasselbe ist, was der Branntwein für den Säufer: Trost und Verderben. Für mich traf die Wahrheit des Sprichworts ein: ›Müssiggang ist aller Laster Anfang‹; ich wurde ein sogenannter Krippensetzer.

Mein theurer Sohn, hoffentlich weißt Du gar nicht, was ein Krippensetzer ist; Deine exclusiven Gewohnheiten, Dein Umgang mit der crême unsers Geschlechts, Deine Zurückgezogenheit auf die einsamen Gipfel aristokratischer Höhen haben Dir dies Laster vielleicht nie vor Augen kommen lassen; ich würde Dich also beleidigen, wollte ich Dich davor warnen. Ach, mein Sohn, Ihr, die Ihr von dem großen Maisch- und Gähr-Bottich des Lebens den Vorsprang des esprit abfüllt und ihn nur fuselfrei genießt, nachdem er zweimal destillirt und rectificirt und mit allerlei ätherischen Oelen abgezogen ist, Ihr könnt Euch gar nicht denken, zu welchen verzweifelten Mitteln die niedern Classen der Gesellschaft zu greifen gezwungen sind, um einen Augenblick in dem wohltätigen Strom des Lethe herumzubaden. Hast Du wohl jemals einen Menschen gesehen, der ein sonderbares Instrument zwischen die Zähne nahm; dann Dampfwolken von sich blies und in dem Dampf die Erinnerung und die Leiden des Lebens aufgehen ließ? Man nennt so ein Instrument eine Tabackspfeife, und die Operation oder der Genuß, wie die Raucher behaupten, wird Tabackrauchen genannt; ein unanständiges Vergnügen! wenn es nämlich durch Vermittlung einer Pfeife geschieht; denn Cigarren sind anständig. Aehnlich wie bei den Menschen das Tabackrauchen, ist bei uns das Krippensetzen; man setzt die Zähne auf einen festen Gegenstand und bläs't nach Kräften aus sich heraus. Es wird dies inhaltlose Vergnügen zur schändlichsten Leidenschaft; ein ordentlicher Krippensetzer setzt auf die Krippe, auf die Raufe, auf den Eimer, auf sein Knie, und wenn ihm zu Allem diesem die Möglichkeit fehlt, setzt er in die freie Luft auf und wird so zu dem elendesten Luftköker, den man sich denken kann.

Soweit kam Dein Urahn freilich nicht herunter; ich ließ es bei dem gewöhnlichen Krippensetzen bewenden, ohne nur zu ahnen, welchen Weg zum Abgrund ich betreten hatte.

Nach einer vierwöchentlichen Kaffdiät erschien Lembke-Vater in Begleitung des Leibarztes Borchert und eines jungen Anfängers – wie man jene jungen Leute nennt, die früher eine Braut, als eine Pachtung hatten, die mehr courage als Geld haben, die mit Hülfe von Moses und Itzig den Pachtvorschuß geleistet haben und denen zehn Jahre hindurch immer noch etwas an einem vollständigen Inventarium fehlt – und besuchte mich in meiner Besserungsanstalt. Ich setzte gerade auf:

»Ne, nu nehmen Sie so einen Carnallj von Creatur an!« sagte Lembke-Vater, »was hat sich der Deuwel angewöhnt!«

»»Krübbensetter, Herr Lembk'!««« sagte der junge Anfänger und lachte ziemlich schadenfroh, nicht über mich, sondern über Lembke-Vater, weil er solch Haar im Stalle habe.

»Borchert!« sagte Lembke-Vater und wandte sich an den Leibarzt, »was sagen Sie?« und auf der Stirn des alten Herrn, zwischen seinen Augen erschien ein deutliches Ausrufungszeichen mit den Worten: »Ich bitte Ihnen!«

Borchert, dieser böse Genius meines Lebens, sagte nichts; über seine fettglänzenden Züge flog ein ekelhaftes Lächeln, als wenn die Abendsonne der Hundstage die Grabstätte unsere Geschlechts, den Schindanger, beleuchtet; er faßte meinen Schweif, zog ihn strack herunter, damit ich nicht Rache an ihm nehmen könnte – denn bei dem Urahn unseres Stammbaums, beim Bucephalus selber! ich hätte ihm trotz der Kaffdiät eins vor den Brägen gegeben – und sprach endlich mit des Krötenantlitzes giftgeschwollener Zunge felsenwuchtend, schneckenlangsam das Wort aus: »Kombabisiren.«

»»Kom . . . .?«« fragte Lembke-Vater mit sehr dummem Gesicht, denn seine Sprachorgane waren nicht für ausländische Wörter, höchstens für Messingsch, zugeschnitten. »»Kom . . .? Wo meinen Sie das?««

»Kom–bi–ba–bum . . . .? Wo? das ist ja ein entfamtes Wort!« sagte der junge Anfänger, und Borchert nickte ihm höhnisch bedeutsam zu, »was für eine Bewandtniß hat dies mit dieses ausländische Wort?«

Ich weiß nicht, theurer Sohn meiner unvergeßlichen Diamond, ob Du jemals gelungene Gemälde gesehen hast von Heiligen; wie ihnen lebendig das Fell abgezogen wird, vom St. Stephan, wie er mit Pfeilen gespickt wird, wie ein Igel, vom St. Laurentius, wie er auf dem Rost gebraten wird, wie ein Aal; ich muß Dir aber sagen, mein Sohn, alle Schmerzen dieser Märtyrer waren nichts gegen die Qualen, die ich auszustehen hatte, als jener satanische Borchert mittelst einer historischen Einleitung von einem gewissen Kombabus und einem gewissen König in Kleinasien eine Worterklärung gab, die mir die Mähne sträubte und die äußerste Faser meines Hufs erzittern ließ.

In diesem kritischen Augenblicke erschienen zu meiner Hülfe zwei Engel, ein weißer und ein schwarzer; der eine kam auf Schwingen der Hoffnung aus den ewigen Quellen des Lichts und der mitleidigen Jugend, der andere auf den Fledermausflügeln des Eigennutzes aus den russigen Höhlen der Finsterniß und des selbstsüchtigen Alters; Ormuzd und Ahriman.

»Oh,« sagte der junge Anfänger, »das wär' doch man Schade!« »»Je,«« sagte Lembke-Vater», »geht er dabei auch über'n Harz?««

Borchert zuckte die Achseln, als wollte er sagen, möglich wär's; meine Menschenkenntniß las aber weiter in seinem tückischen Antlitz: ich hoff' es.

»Herr Lembke,« sagte der weiße Engel der mitleidigen Jugend des jungen Anfängers, »ich brauche ein Vorbeipferd – Sie wissen mit meinem Inventarium – geben Sie ihn mir in die Landwirthschaft.«

»»Je,«« sagte der schwarze Engel des Eigennutzes von Lembke-Vater, »»wenn krieg' ich Geld?««

»Antoni-Termin,« sagte der weiße Engel. Da reckte der schwarze Engel seine Kralle über meine croupe hinüber, der weiße erfaßte sie und Himmel und Hölle schlossen einen Handel über mir und einen Bund, mich zu retten, gegen den selbst die Bosheit eines Borchert nichts vermochte.

Nach einer Richtung hin war ich nun sicher; aber ich war für immer ausgestoßen aus den Kreisen einer rein ideellen Bildung, aus der wohlthuenden Atmosphäre beschaulicher Sinecuren; aus einem liebenswürdigen fainéant, aus einem geschniegelten flaneur, aus einem liebeseufzenden, romantischen Zelter war ich ein Geschöpf der trivialsten Praxis geworden, der *fruges consumere natus* wurde zum *fruges colere natus.*

Auf dem Gute des jungen Anfängers angekommen, ward ich ohne ein anderes Compliment, als das eines wohlapplicirten Peitschenhiebes, in die keuchende, stampfende, in der Tretmühle des täglichen Verkehrs arbeitende Genossenschaft eines Gespanns aufgenommen und kam dadurch in die zweifelhafte Stellung eines Vorbeipferdes.

Vorbeipferd! Weißt Du, was dies heißt? Das Vorbeipferd ist der supernumeräre, auf schwache Diät gesetzte Prügelknabe des ganzen Collegiums; die dirigirende Peitsche schwingt sich und schwingt sich in drohenden Kreisen über den Häuptern des auf der staubigen, kothigen Landstraße des gemeinen Lebens arbeitenden Gespanns; aber sie kann sich nicht ewig schwingen, sie muß einmal fallen und fällt auf den widerstandslosen Rücken des supernumerären Referendars oder Auditors und verzeichnet dort in halberhabener Schrift alle Sünden der laufenden und stockenden Geschäfte. Für jeden Kutscher, der rechthändig ist, liegt es so nahe, das Vorbeipferd peitschweise aufzumuntern, daß er ein Engel von Gerechtigkeit sein müßte, wenn er seine Gaben gleichmäßig unter die acht Lenden seiner vierbeinigen Kontrahenten vertheilen sollte. So einen Ausbund mit der Binde der Gerechtigkeit vor den Augen giebt es nicht, und wenn es einen gäbe, so würde Keiner sich von ihm fahren lassen wollen; Kutscher verdienen eher den Beinamen *grobi* als *probi.*

Ach! und der meinige! Bei dem dummen Menschen hatte sich das physiologische Vorurteil festgesetzt, daß vornehme Geburt und untadeliges Vollblut mit Sehnen von Stahldraht und Knochen von Granit vergesellschaftet wären, daß ausgezeichnete Geburt auch zu ausgezeichneten Leitungen verpflichte; er hatte keinen Begriff davon, daß ein günstiges extérieur wohl geeignet ist, höhere Bestrebungen mit Leichtigkeit zu fördern und plötzlich eintretende einzelne Hindernisse mit Gewandtheit zu besiegen, daß aber zur Bewältigung der täglichen Packeseleien die plumpe, schwerfällige Natur eines brabanter Karrengauls von bürgerlicher Abstammung gehört. Diese unrichtige Auffassung meiner innersten Natur, das Unglück, nicht verstanden zu werden, ruinirte mich. Saß ein Mistwagen fest, war ein Kartoffelkasten zu Senk getrieben, so wurden mir jene oberwähnten Aufmunterungen in Gestalt von Peitschenhieben zu Theil. In die schmachvollen Zügel knirschend, das Gebiß zwischen den Zähnen, stürzte ich mich in's ungewohnte Geschirr und riß und sprang, bis Alles riß und sprang. Meine drei bürgerlichen Collegen zogen dann gewöhnlich ruhig an, legten ihre gewichtige Plumpheit in die täglich gewohnten Sielen und holten die Karre aus dem Sumpf. Ich litt schrecklich am Gemüth, das Fleisch fiel mir von den Knochen, mein Leben glich einem langsamen Selbstverbrennungsprozeß; ich ward lebensmüde und in der Herbstsaatzeit ward ich auch arbeitsmüde, ich versagte den Zug gänzlich, und ward, wie gebräuchlich, damit die Nachbaren des jungen Anfängers meine Schmach nicht auf sein Haupt häufen möchten, eines schönen Tages in eine Mergelgrube versteckt.

Du hast gewiß niemals in einer Mergelgrube mit knickendem Knie und zitternder Hesse gestanden; wenn einmal der Zustand der Ermüdung und Abspannung bei Dir eingetreten war, dann umstanden Dich die Hohen, die Ruhmwürdigen, und von ihren Lippen erscholl der Ruhm Deiner Thaten. Mich umstanden Christian Bartels, der Kutscher, und der junge Anfänger und schütteten allen möglichen Unsegen in Gestalt von colossalen Flüchen und corpulenten Schimpfreden auf mein gebeugtes dallöhriges Haupt.

»Herr,« sagte Christian Bartels, »wenn dat Creatur blot nich studirt hett!«

»»Studirt? Na, dat fehlt ok noch! In min niges Inventorjum en Studirten! Ick künn mi meindag' nich wedder up den paterjotischen Verein seihn laten.««

»Je, Herr, wenn hei ok nich ganz studirt hett, bet an den Hals is hei kamen; hei hett so 'ne Anstalten, as wenn 't mit em nich richtig is.«

Wer weiß, ob meine Umgebung mir nicht noch schließlich das Wenige von Verstand, was mir die Schläge des Schicksals gelassen hatten, abdisputirt hätte, wäre nicht zufällig Karl Bullerjahn, der ausgezeichnete Reiseschreiber der nahegelegenen gräflichen Herrschaft, hinzugekommen und hätte dieser nicht sein Votum als ausgezeichneter Pferdekenner zu meinen Gunsten abgegeben.

»Studirt soll *der* haben?« fragte Karl Bullerjahn. »Der hat im Leben nicht studirt! Haben Sie schon mal so 'n Studirten gehabt?« fragte er den jungen Anfänger. »So ein Studirter weiß nicht von Hüh und von Hott, so einer ist zu Nichts zu gebrauchen; der Schimmel hier ist bloß müde; und wenn's wahr ist, daß er von der alten echten Bucephalus-Art ist, möcht' ich's mit ihm versuchen.«

Der junge Anfänger schwor nun die beim ernstlichen Pferdehandel gebräuchlichen Flüche, einen nach dem andern, mit besonderem Nachdruck durch; versicherte, ich sei das tugendhafteste Geschöpf auf Erden, erhob meine Leistungsfähigkeit bis in den Himmel und goß den milden Balsam der Anerkennung in mein wundes Herz. Schon erhob ich mein gebeugtes Haupt, schon richtete ich mein Ohr auf, das Lob einzusaugen, schon begann ich leise den Schweif zu strecken und zu erheben, um Dankbarkeit zu wedeln, neuen Lebensmuth aufzurichten und den lastenden Kummer und die schleichende Sorge von den magern, keuchenden Rippen zu peitschen, als die grausamste Ironie des Schicksals mich traf: für meine glorreiche Abstammung, für all die gepriesenen Leitungen, für alle meine bis zum Himmel erhobenen Tugenden bot Karl Bullerjahn 30 Rthlr. preußisch Courant und – der junge Anfänger schlug zu!

Dieser Schlag traf mich mitten in dem neu aufgegangenen Mai meiner Hoffnungen, wie Nachtfrost die Blüthen; ich brach zusammen und stürzte hin.

Nun begann über meinem gebrochenen Leichnam eins jener entsetzlichen Schauspiele, denen gleich, wenn Erben sich am Sterbebette über den Raub streiten. Bullerjahn wollte mich nun nicht mehr haben, und der junge Anfänger behauptete: ich sei verkauft, mit Haut und Haar verkauft! Ach! in wenigen Stunden vielleicht das einzige, was überhaupt noch von mir zu verkaufen war!

Karl Bullerjahn und der junge Anfänger waren von Jugend auf geschworene Freunde, sie hatten in derselben Schule dieselben Prügel erhalten, sie hatten dort ganz dasselbe nicht gelernt, hatten sich später zu vielen Malen brüderlich zusammen betrunken, hatten die Gesinnungsgleichheit, die zur dauernden Freundschaft nöthig ist, in dem Umstande entdeckt, daß sie beide verschiedene Stubenmädchen gleichzeitig geliebt und vergöttert hatten, hatten gleichzeitig den Versuch gemacht, diese Göttinnen in Versen mit fast gleichen

Worten zu besingen, bloß mit dem Unterschiede, daß der junge Anfänger sang:

»Seh' ich *Dich* in Deiner Schönheitsfülle . . . . .«

und Karl Bullerjahn:

»Seh' ich *Dir* in Deiner Schönheitsfülle . . . . .«

Selbst diese grammatikalische Zwietracht hatte den geschlossenen Bund nicht lösen können, sie spielten noch alle Abend Boston miteinander, kurz der linke Stulpstiefel konnte nicht mehr Freundschaft für seinen rechten Bruder haben, als sie untereinander, und – dennoch! Mein Fall, Unfall oder Umfall, wie man will, zertrümmerte die durch viele Eide garantirte Brücke, welche Natur und Leben von einem Herzen zum andern geschlagen hatten, und des Prozesses schwarze Tintenwogen schossen in dem freigewordenen Bette des Hasses dahin.

Für mich hatte der Streit im Anfange die erfreulichsten Folgen. Als die beiden zornblitzenden Gegner über meinen zitternden Leichnam herüber und hinüber mit den schnödesten Worten die verschiedenen Punkte, in welchen ihre beiderseitige Freundschaft in Conflict gekommen war, sich vorgeworfen und mich und Christian Bartels in die ganze Nomenclatur der einst geliebten Stubenmädchen eingeweiht hatten, schwuren sie sich ewige Feindschaft und trennten sich in dieser gehobenen Stimmung, ohne einen Blick des Erbarmens auf mich zu werfen. Nur Christian Bartels hatte so viel – wie sage ich gleich – juristische Besinnung, um dunkel herauszufühlen, daß es zweckmäßig sein dürfte, das Streitobjekt beim Leben zu erhalten. Er lief nach Hause und kehrte bald mit einer warmen Biersuppe zurück, welche er mir einflößte, nachdem er in dieselbe alle seine medicinischen Kenntnisse in Gestalt von zwei Schnäpsen Kümmel, die er sich selbst bei jeder Gelegenheit, in guten und in bösen Lagen, verordnete, gegossen hatte.

Wunderbar gestärkt durch den Inhalt der Bartels'schen Hausapotheke erhob ich mich und stolperte unter dem Beistande des Kutschers nach Hause. Hier ward ich auf den ausdrücklichen Befehl des jungen Anfängers auf's Beste verpflegt, »denn,« sagte er, »die Futterkosten bezahlt Karl Bullerjahn, also nur immer drauf, was er mag!«

Gott sei Dank! Der Prozeß war von gewöhnlicher Dauer und ich hatte Zeit, zu Kräften zu kommen und mir noch einen anständigen Vorrath von Fett auf die Rippen zu fressen; aber, aber! – Jedes Ding hat ein Ende, vor Allem das Glück!

So stand ich ein Jahr; ich hoffte, es sollte immer so bleiben, aber:

»Ein Jahr ist bald vorbei!
Meine Glieder
Streckt' ich wieder
Auf des Kummers harte Streu.«

Karl Bullerjahn verlor den Prozeß und gewann mich sammt allen Futterkosten.

Die schönen Tage von Aranjuez waren nun vorbei und Haß und Rache kamen an die Reihe. Ich war für das Gewissen des cholerischen Reiseschreibers, welches er in Gestalt einer sehr schmal gewordenen Börse stets bei sich trug, ein fortwährender wohlgenährter Vorwurf. Die Wechselbeziehung von der Magerkeit seines Geldbeutels zu meiner Feistigkeit waren Jedermann bekannt und das Hohnlachen der übrigen Herren Reiseschreiber lagerte sich als reichlicher Reitgerten-Niederschlag auf meinem Rücken ab; ja, der unverdiente Haß, den er auf mich Unglücklichen geworfen hatte, ging so weit, daß er einmal in einer heiteren Braunbierlaune auf dem Thürkower Kruge versicherte: er wolle den *Schinder* – damit meinte er Deinen Urälter-Vater, mein Sohn – noch an demselben Abende zwischen Teterow und Malchin todtjagen; was in den damaligen Zeiten, in welchen die Chausseen noch nicht erfunden waren, und in Anbetracht des Berufs eines tüchtigen Reiseschreibers grade keine Kunst war, denn der Beruf dieser nützlichen Klasse des Menschengeschlechts bestand im Wesentlichen grade im Pferdetodtreiten.

Für jedes denkende Wesen ist der Augenblick vor dem Tode der wichtigste im ganzen Leben. Indem ich diese ganz neue Bemerkung ausdrücklich als die meinige in Anspruch nehme, verlasse ich den Weg philosophischer Betrachtungen, um dem Wege der vorauffahrenden Reisewagen zu folgen.

»Vörwarts! de Wagens sünd all 'ne gaud' Stunn' vörweg!« Und
heraus aus der Krugthür stürzen und stolpern die breitschultrigen
Flausröcke und die breitwadigen Stulpenstiefel, und Johann Jungnickel stößt Jochen Junghans, und Ludwig Huddelputt tritt Fritz
Triddelfitz den einen Anschnallsporen herunter, und Ferdinand
Bradenal ruft Christian Fleischfretern zu: »Kannst Du dat entfamtig-
te Klappen nich laten, Brauder? min Voß schugt sick. – Purr, öh!« –
»»'Rup up de Schinners!«« ruft Fritz Triddelfitz», »un Korl Bullerjahn, 'ne Bohl Punsch, wer tauirst nah 'n Rempliner Kraug hen-
kümmt!«« – »Gelt, Brauder!« ruft Bullerjahn. – »»Wi All!«« ruft
Johann Jungnickel.

Und nun! Philister über dir, Simson! Karl Bullerjahn über dir,
Fliegenschimmel!

Hinein ging's in die tiefschwarze Novembernacht, hinein in die
knietiefen Geleise, hinüber über die wassergefüllten Gräben, die
engen Hohlwege hinab, die steilen Berge hinan! »Wer is vör?« –
»»Korl Bullerjahn sin Schimmel!«« – »Haha! de Prozeßschimmel!« –
Ein Peitschenhieb belehrte mich, daß wieder einer der Herren Reiseschreiber das Glück gehabt hatte, einen Witz zu machen.

Ich hatte vor dem Thürkower Kruge die mörderische Absicht
Karl Bullerjahns mit angehört und befand mich in der todesmut-
higsten Stimmung. Die grüne Wiese des Lebens, die süße Hochwei-
de des Genusses, Hafer, Heu und Häcksel, Alles lag hinter mir, *vor*
mir die Nacht, *vor* mir der Tod und *über* mir – statt der sonst gebräuchlichen Sterne – Karl Bullerjahn!

Lembke-Vater hatte ein Bild, delineavit et lithographavit: Pirscher
in Braunschweig, welches selbiger Pirscher auch eigenbeinig col-
portavit; aus diesem Bilde stürzte sich ein Rudel edler Polen zu Roß
von einem geographisch unfindbaren funfzig Fuß hohen Felsen in
die schäumende Weichsel, an jeder geschwungenen Degenspitze
flammten die Worte: finis Poloniae; ein Schimmel führte die Schaar
an. Grade wie diesem Schimmel war mir zu Muthe. – Finis Hierony-
mi!

Die Weichsel floß nun freilich nicht vor uns, in ihr dunkles Wo-
gengewimmel konnte ich mich nicht stürzen; aber vor uns lag die
gute Stadt Teterow und in ihr dunkles Straßengewirre stürzte ich

mich donnernden Hufschlags, hinter mir meine und Karl Bullerjahns Genossen.

»Holt! Holt!« rief es die Straße entlang. – »Dat verdammtige
Bædeln!« rief ein ruhiger Bürger von Teterow. – »Holt!« rief endlich
auch die Polizei, und eine begeisterte Gesellschaft, die dem Götzen,
›blauer Montag‹ genannt, ihre Libationen dargebracht hatte, stürzte
sich auf mich und Karl Bullerjahn. – Wir waren arretirt. –

Von diesem Augenblicke an datirt meine tiefe Verehrung für das
gesegnete Institut der Polizei. Religion, lieber Robin, die Einrich-
tung ist ganz gut – wer wollte das leugnen? – Religion ist entschieden für den Himmel gut und bei vielen namhaften Persönlichkeiten
auch höchst zweckmäßig für die irdischen Angelegenheiten. Philosophie hat die volle Annehmlichkeit eines gut gemachten Hand-
schuhs, man kann sie recht und verkehrt anziehen, wie man will,
und wenn sie von Juchtenleder gemacht ist, kann man mit ihr die
sachlichsten und häkligsten Dinge dreist anfassen. Moral, wenn sie
nicht gerade von der stricten Observanz ist, hat den Vortheil, daß
sie ihre Anfänger mit dem rostfreien Stahlschilde der Tugend
schützt und unter dieser Aegide häufig zu großen Reichthümern
verhilft.

Was Manche auch sagen mögen, selbst die Justiz hat ihre guten
Seiten, und die Feststellung des Grundsatzes, daß alle Preußen vor
dem Gesetze gleich sind, klingt lieblich in das Ohr eines jenseit der
Zollvereinsgrenze wohnenden Mecklenburgers. Aber, was ist das
Alles gegen die Polizei! diese Vorsehung Gottes auf Erden! wie ich
sie im Gefühle überströmender Dankbarkeit zu nennen pflege.
Nehmt die Religion, die Philosophie, die Moral, die Justiz aus dem
Leben, aus dem Staat, laßt uns die Polizei und wir kommen zurecht,
mein Sohn; wir kommen richtig zurecht!

Gott sei Dank! wir waren also arretirt; doch hörte damit unser
Glück noch nicht auf, wir wurden auch wirklich eingesperrt. Karl
Bullerjahn betrug sich nämlich höchst unanständig gegen die Her-
ren Polizeidiener, schimpfte, fluchte und begann endlich allerlei
Demonstrationen mit seiner Reitpeitsche auszuführen, und das
Ende für ihn war eine stille Einsiedelei, an deren dunkeln Wänden
schwermüthige Betrachtungen wie Spinneweben herunter hingen,

für mich ein warmer Stall und die fröhliche Aussicht auf ein längeres Leben.

Am andern Morgen hatte ich das Glück, daß Karl Bullerjahn auf den Einfall kommen mußte, stark zu frühstücken und diverse Verdruß-Kümmel zu sich zu nehmen, die ihn in eine Art von Heroismus versetzten, in welchem er, als er vorgeführt und ihm die Eröffnung gemacht wurde, daß er an Strafe, an Gerichtskosten, an Futterkosten für mich, an ein Nachtlogis für sich und für mich und was noch sonst sich finden mochte, so und so viel Thaler zu bezahlen hatte, erklärte, er hielte es unter seiner Würde, auch nur einen Schilling zu bezahlen. Als nun die heilige Hermandad von Teterow als Gegenerklärung die Meinung abgab: unter so bewandten Umständen müsse er sich auf eine Trennung von mir gefaßt machen und könne nur getrost, falls er nicht binnen 14 Tagen die bewußte Summe portofrei einsende, auf ewig von mir Abschied nehmen, denn binnen selbiger Zeitfrist würde ich das unwiderrufliche Bürgerrecht dasiger Stadt erworben haben, – so antwortete Karl Bullerjahn: »Wat Sei nich laten kænen, möten Sei dauhn!« empfahl sich ohne Abschied, kam zu mir in den Stall, hieb mir zum Andenken zweimal kreuzweis über den Puckel, rief mir als Lebewohl das empfindungsreiche Wort: »Entfamtigter Schinner!« zu und – ich sah den Edlen nie wieder.

So stand ich denn wieder 14 Tage lang, gewissermaßen auf Leibrenten, als fressendes Faustpfand – kein übles Loos, mein Sohn, vorzüglich wenn man alt geworden, und in eine contemplative Stimmung gerathen ist! – Hier in Teterow faßte ich den ersten Gedanken zu diesen Memoiren. Ich bin immer ein Freund von Selbstbetrachtungen aller Art gewesen; ach, daß ich leider hinzusetzen muß, von selbstgefälligen!

Als die bestimmten 14 Tage vergangen und noch keine Thaler von Bullerjahn eingegangen waren, wurde ich von dem Teterower Polizeidiener freundlich als zukünftiger Teterower Bürger begrüßt und eingeladen, mich zu einer zu diesem Zwecke eigens veranstalteten Feierlichkeit auf den öffentlichen Markt zu begeben, wo mich das heitere Gemurmel dichtgeschaarter zukünftiger Mitbürger empfing. Ein alter Herr mit einer Brille auf der Nase, eine Feder hinter'm Ohr, einen Actenstoß unter'm Arm, hielt eine Anrede an die versammelte Menge, in welcher er, ebenso wie der junge Anfänger, nur in einem erhabneren, eigentümlich nach Gerichtsstuben-Humor schmeckenden Styl, meine Vorzüge pries. Die Honoratioren der Stadt, verschiedene Bäcker, Fleischer, Brauer, Müller, sowie auch die vornehmeren Ackerbürger, drängten sich in Folge dieser gütigen Empfehlung an mich heran und suchten meine Bekanntschaft zu machen; der eine sah mir liebevoll in die Augen, griff mir tröstend unter das Kinn und brachte mich dadurch zum freundlichsten Lächeln, wodurch er Gelegenheit gewann, sich von der Verfassung meiner Zähne zu überzeugen; ein anderer ergriff freundlich meine Vorderhand, schüttelte dieselbe kräftig hin und her, trat dann bescheiden zurück, indem er sagte: er freue sich sehr meine Bekanntschaft gemacht zu *haben* – diesen braven Mann sah ich nicht wieder; ein Dritter streichelte meinen Rücken, gab mir einen höchst vertraulichen Schlag auf's Hintertheil und meinte: für ihn sei ich der Rechte; kurz alle freuten sich sehr, mich kennen gelernt zu haben, und alle waren durch mich in den Zustand der heitersten Fröhlichkeit versetzt. Endlich forderte der Herr mit der Brille die Anwesenden auf, für mich eine Kleinigkeit – ich weiß nicht, war es das Bürgergeld oder eine gewisse Caution oder sonst etwas – zu erlegen. Nun hättest Du den liebevollen Eifer sehen sollen, mit welchem jeder der Anwesenden sich mir zu verbinden suchte.

»Zehn Thaler zum ersten!« – »»Noch 'n Daler!«« – »Zwölf Thaler!« – »»Und sechzehn Groschen!«« – »Meine Herren, bedenken Sie,« rief dann wieder die Stimme des alten Herrn mit der Brille dazwischen, der Schimmel ist Vollblut! Keiner mehr?« – »»Noch en Daler!«« – »Noch acht Groschen!« – Nun war Alles still. – »»Wer hat den Schimmel?«« – »Postholler Hahnemann hett 'n!« Und richtig! Der Posthalter kam zu mir und eröffnete mir, daß ich unter Leitung eines mir vorgestellten musikalischen Herrn mit rothem Kragen und Reithosen, mich von jetzt an der Postcarriere zu widmen haben würde.

Der musikalische Herr führte mich eine Straße hinab und übergab mich auf einem Hofe einem andern musikalischen Herrn, der mich mit den Worten: »Ok wedder so 'n dreibeinigen Dunnerwetterhund, de tau nicks wider, as tau 'n Dodslagen gaud is!«

Tröstliche Aussichten! Karl Bullerjahn wollte mich nur todtjagen, dieser wollte mich sogar todtschlagen!

Als ich in die für Postbeflissene unsers Geschlechts bestimmten Räume trat, glaubte ich in eine anständige, Geburt und Verdienst berücksichtigende Invaliden-Versorgungs-Anstalt zu treten, in der man seine alten Tage in Ruhe hinspinnen und unter erfahrenen Weltleuten in philosophischem Wechselgespräch über die Thorheiten der Jugend lächeln könne; aber wie erschrak ich, als ich statt dessen mit *einem* Blick die gesenkten Häupter, die zitternden Kniee, das lebensmüde Aussehen und den starren Egoismus der Noth in dieser Versammlung übersah.

Man nöthigte mich, meinen Platz zwischen einem ältlichen Herrn, gewesenen Fuchshengst, und einer grauköpfigen alten Dame, die auch einst bessere Tage gesehen hatte und noch Spuren früherer Schönheit an sich trug, zu nehmen.

»Wie befinden Sie sich, Madame?« war meine höfliche Frage an letztere.

»»Schlecht,« war die kurze, eisige Antwort.

»Und Sie, mein Herr?« fragte ich meinen Nachbar auf der andern Seite.

»»Auch schlecht,«« antwortete er ebenso kurz.

»Nicht sehr comfortable hier, wie es scheint,« setzte ich dessenungeachtet die Unterhaltung fort.

»»Von Familie?«« fragte die alte Dame tonlos.

»Vater Gray Momus, Mutter Walebone,« antwortete ich.

»»Freut mich sehr! Habe in meiner Jugend das Glück gehabt, Ihre Frau Mutter zu kennen.««

Nun war das Eis gebrochen. Ich wurde aufgefordert. meine Geschichte zu erzählen, und schloß damit, die Hoffnung auszusprechen, daß meine jetzige Lage mir als Entschädigung für das ausgestandene Ungemach meines frühern Lebens gelten würde.

»Junges Blaßgesicht,« begann der alte Fuchsnachbar zur Rechten, »denn gegen mich gehalten, muß ich Dich so nennen. Zweiundzwanzig Winter sind über meinem Haupte dahingerauscht, funfzehn Jahre bin ich auf dem Kriegspfade gewandelt, meine Augen waren helle wie das Auge des jungen Aars, jetzt sind sie trübe, wie die Wasser der großen Seen, wenn der Zorn Mannitos sie aufwühlt; die Fährten der Büffel . . . . .«

»»Um Vergebung zu fragen,«« unterbrach ich ihn, »»Amerikaner?««

»Ein Canadier, der noch Europens übertünchte Höflichkeit nicht kannte,« antwortete die alte Rothhaut. »Mein Name ist Mackinaw, zu deutsch: der große Strom der hellen Gewässer.«

»»Aber wie in aller Welt kommen Sie hierher nach Teterow?«

Nun erzählte er denn seine Geschichte, wie er unter die Engländer gegangen sei; als der letzte seines Stammes, wie er von denselben in Europa importirt sei; wie er in der englisch-deutschen Legion gefochten und sich dadurch eine Anwartschaft auf eine Stelle bei der Post erfochten habe. Diese sei ihm denn auch geworden; aber, so schloß er seine Rede: »Junges Blaßgesicht, der Zorn Mannitos liegt schwer auf Mackinaw, alle seine Brüder sind vor ihm dahingeschieden; ihn umgiebt ein neu Geschlecht, auf Einem Schlachtfelde sind sie alle gefallen. Kennt das junge Blaßgesicht den Panstorfer Berg?«

Darauf hüllte er sich in seine zerlumpte Wolldecke, streckte sich nieder, sang eine halbe Stunde in einer gänzlich unbekannten Sprache und verschied.

Er war der Aelteste seines Stammes und unsers Stalles.

Die alte biedere Rothhaut hatte Recht: der Panstorfer Berg ward die Klippe, an welcher mein Glücks- und Postschiff, mit allen Hoffnungen auf ein ruhiges sorgenfreies Alter beladen, strandete, von wo mich die rastlose Welle des Mißgeschicks an die unwirthbare Küste der Lumpenindustrie schleuderte.

»Sie scheinen noch ziemlich wohlconditionirt zu sein,« sagte die alte grauhaarige Dame mit einem bedeutenden Anfluge von Neid zu mir, nachdem die conventionelle Trauer über den Tod ihres langjährigen Gefährten dem hier überall herrschenden Egoismus in ihrem Herzen wieder Platz gemacht hatte, »aber warten Sie nur; auch ich befand mich einst in besseren Umständen, habe aber mein sämmtliches Eingebrachtes hier zugesetzt; das Einkommen ist schlecht, und das Wenige, was man zu beißen hat, wird einem noch durch die Musik verkümmert: die musikalischen Herren treiben einen offenbaren Handel mit unsern Naturallieferungen.«

Eben wollte ich versichern, daß ich so etwas nicht glauben könnte, als die Stimme des seligen Posthalters erscholl: »Zwei Pferde Extra nach Güstrow; Jochen Piernickel fährt!«

»»Nun kommen wir dran,«« sagte die alte Dame.

Wir wurden auch wirklich hervorgezogen und an eine Reisechaise gespannt. Jochen Piernickel blies unaufhörlich durch die Stadt: »Die Preußen haben Paris gewonnen,« versuchte aber gar nicht die Schlußzeile: »Es werden wohl bessere Zeiten kommen« hinzuzufügen, sondern schob draußen vor dem Thore sehr ärgerlich sein musikalisches Instrument unter den Arm durch und griff zu einem andern Instrument, welches er jedenfalls besser zu regieren verstand, der Peitsche, und bearbeitete mit derselben unser Fell.

So ging es nach Güstrow; so ging es viele Tage und viele Wochen, bald nach Güstrow, bald nach Malchin, in größter Regelmäßigkeit, wie der Perpendikel einer Uhr, nur daß so ein dummer Perpendikel nichts von Lehmwegen und Panstorfer Bergen weiß. In dieser Lage machte ich eine Bemerkung, die, weil sie den Beobachtungen Anderer schnurstracks entgegen läuft, ich hier niederlegen will. Viel denkende Köpfe haben die Behauptung aufgestellt, daß ein regelmäßiger Lebenswandel einen außerordentlich günstigen Einfluß aus geistiges und körperliches Wohlbefinden äußere; ich kann dies nicht sagen. Mir bekam dieser regelmäßige Lebenswandel schlecht, und trotzdem, daß ich nur nach der Uhr lebte und wandelte, fiel ich so ab, daß ich bald, wie meine alte Gefährtin, nur Haut und Knochen war. Ich ward melancholisch; sonderbare Gedanken, Selbstmordgedanken huschten wie Gespenster durch die finstere Nacht meiner Seele, und nur die peitschende Notwendigkeit und ab und an der musikalische Zauber des erfrischenden ›die Preußen haben Paris gewonnen‹ bannten die bösen Geister, wie Davids Harfe vor Saul.

Endlich – ich vergesse die Nacht niemals, und würde ich doppelt so alt, als ich jetzt bin – führte eine Katastrophe das Ende meiner Leiden herbei. Es war die Nacht vom 23sten auf den 24sten December, der Wind brauste über die weiten, öden Wiesenflächen zwischen Malchin und Remplin, ein feiner durchdringender Regen schlug an unsere linke Seite, so daß Jochen Piernickel sich bewogen fühlte, in der Drehe zu sitzen und die Führung des Gefährts vorläufig unserm Ermessen zu überlassen. Der Wagen war überladen mit Weihnachtspäckereien, von denen diejenigen Stücke, die irgend etwas Zerbrechbares enthielten, allerlei schrille, klirrende Töne von sich gaben; im Innern des Wagens saß ein unglückliches Brautpaar und belastete ihn mit all seiner Freude und all seinem Leide, mit seinen Hoffnungen und seinen Befürchtungen. Mühsam schleppte sich der Zug durch die tiefen Geleise, die unergründlichen Löcher, wir rückten dem Panstorfer Berge näher.

»Hir mag de Deuwel Stunn' hollen!« sagte Jochen Piernickel, als wir in den entblätterten Buchenwald einfuhren.

»»Jochen Piernickel!«« rief eine Stimme von der Windseite her, »»oh Jochen nimm mi mit.««

»Wer büst Du denn?« fragte unser Führer.

Er sagte, er sei ein Teterower Schneidermeister in Geschäften und wolle gern ein ›Bock‹ werden, auch als solcher die gebräuchliche Abgabe entrichten.

Im Anfange rührte sich in dem Herzen von Jochen Piernickel etwas, was halb und halb wie Mitleid mit meiner ältlichen Gefährtin und mir aussah, endlich wurde es aber überwogen durch die Hoffnung auf das Trinkgeld, durch die Betrachtung, wie er den Schneider auf der Windseite sitzen lassen könne, und durch die Versprechungen des letzteren, die erstarrten Hände Jochens von dem Amte der Peitsche zu erlösen, indem er sich erbot, mit frischen Kräften unser Fell zu bearbeiten.

Der ›Bock‹ stieg auf; die Hiebe hagelten auf uns herab; mit unsäglicher Anstrengung krochen wir den Berg hinan. Da versagte meine Gefährtin den Zug; der Schneider peitschte auf sie ein.

»Holt!« sagte Jochen Piernickel, »Brauder, so geiht dat nich, de Ollsch slag' nich, dei kann nich mihr, slag den Schimmel, dei treckt noch!«

Der Schneider that's. Ich bekam die doppelte Portion Hiebe; rasend vor Schmerz riß ich den Wagen mit letzter Kraft aus dem tiefen Geleise und stürzte ihn in ein daneben befindliches Loch, der ›Bock‹ schoß in einem Bogen vom Bock herab in die Pfütze, der lakirte Hut Jochen Piernickels folgte; die unglückliche Braut fuhr durch das Wagenfenster, und meine alte Gefährtin und ich lagen im Schlamme, unfähig wieder aufzustehen.

»Wat nu?« fragte Jochen Piernickel von der Höhe seines Thrones in den Jammer des unter ihm befindlichen Elends hinab.

»»Wat nu?«« fragte der Schneider und wischte sich den Koth aus den Augen.

»Was nun?« fragte der Bräutigam und sah durch das Wagenfenster, aus welchem so eben ein Theil seiner erschrockenen Braut herausgesehen hatte.

»Jochen blas'!« sagte der Schneider, »villicht hürt Di wen.«

Und Jochen blies »die Preußen haben Paris gewonnen;« aber Niemand hörte den zum Nothschrei gewordenen Jubel.

Zuletzt mußten die beiden Biedermänner sich entschließen, durch den tiefen Koth und den strömenden Regen in die nahegelegenen Dörfer zu wandern, um Hülfe und Vorspann zu beschaffen. Während des lagen meine alte graue Gefährtin und ich in der eisigen Kothlache und hörten durch das zerbrochene Glas des alten Gehäuses hinter uns die ewigen Hoffnungen der Jugend, die durch alle Zeiten tönen, repetiren, das von Uranfang an wiederholte Glockenspiel von einer weinumrankten kleinen Hütte, von einem zärtlich liebenden Paare und von einem traulichen warmen Heerde. Ach, und uns klapperten die Zähne!

Als endlich Jochen Piernickel und der Schneider mit einer Laterne und Vorspann zurückkehrten, wurde uns unser Joch abgenommen und auf den breiten Nacken von ein paar derben Bauerkleppern gelegt. Jochen hob das Haupt meiner theuren Gefährtin auf und ließ es sinken: »Dod!« sagte er. Der Schneider sah mir in die Augen und meinte, ich könnte mich noch wieder verholen, zum Mitnehmen wäre ich aber nicht, und damit rumpelte der Postwagen an uns vorüber, an einer Leiche und einem Sterbenden.

Wie lange ich so gelegen, weiß ich nicht; ich weiß nur, daß der erste Gegenstand, dessen ich mich entsinne, ein alter ärmlich gekleideter Mann war, der mich streichelte trotz des Schmutzes, der mich bedeckte; ich bemerkte nur, daß er mich aufzurichten suchte und daß er, als ihm dies mit Mühe gelang, mich leitete und stützte, bis ich mich auf einer harten, aber reinlichen Streu fand.

Dieser Mann, theurer Sohn, war der gute Genius, von dem ich im Anfange meiner Denkwürdigkeiten gesprochen habe; er allein hatte in seiner Armuth und Niedrigkeit ein Herz für mich, seine Freundschaft – kann ich wohl sagen – seine Aufopferung haben mich ausgesöhnt mit der Tücke, mit der Hinterlist, mit der Grausamkeit und der Tyrannei dieser Welt. Er wagte sein ganzes Vermögen – 5 Thaler preuß. Cour. – an meine Existenz, indem er mich von dem seligen Hahnemann auf Risico kaufte, und von dem Augenblick an, als er mich rettete und dem Leben zurückgab, war ich sein Ein und sein Alles. Die Mütze herunter, mein Sohn! es war der Lumpenfahrer Peter Lappenberg, der den herben Bodensatz meiner Jahre in dem milden Weine der Dankbarkeit lös'te, der mit der geheimnißvollen Alchemie der Liebe in meinem Herzen das Sein von dem Schein schied, daß ich die Thorheit meiner jungen Jahre erkannte und im Stande bin, dieselben Dir als Warnungstafeln gegen Fußangeln und Selbstschüsse aufzurichten. Die thörichten Hoffnungen auf glänzende Aussichten, die ebenso thörichten auf ein glückliches zufriedenes Alter, wenn man noch nicht von den tauben Schlacken der Eigensucht geläutert ist, der ganze von der Eigenliebe künstlich aufgebaute Spiegel-Apparat, in welchem man das, was man seine Tugenden und Vorzüge nennt, in's Unendliche reflectiren sieht, das Alles fiel stückweise, Eins nach dem Andern zusammen, als ich die ruhige, sich gleichbleibende Freundlichkeit, die unverdrossene Sorge und die stete Treue des alten Lumpenfahrers kennen lernte und als letzten Grund seines Wesens die Theilnahme an dem Fröhlichen, das Mitleid mit dem Trauernden, kurz die Liebe zu allen Geschöpfen erkannte.

In Regen und Unwetter stand die ehrliche Seele geduldig wartend mir zur Seite, wenn der Hunger mich trieb, ein Stücklein Chausseegraben abzuweiden, *nie* verzehrte er seine harte Brodrinde, ohne mit mir zu theilen. »*Da, Schimmel,*« waren dann seine Worte – und wie oft hat er sie nicht gesprochen! – wenn er mit seiner harten Hand über die graue Mähne fuhr und mir den Schopf zurecht strich, um meiner altersschwachen und lebensmüden Hinfälligkeit ein mehr respectables Aussehen zu geben. Aus den wollenen Lumpen seines Gewerbes hatte er für mich eine Decke zusammengeflickt; die Leute lachten über ihre buntscheckige Aermlichkeit und es ist wahr, es war nur eine Lumpendecke; aber sie wärmte mehr als die Schabracken des Hochmuths und der Eitelkeit, nicht die alten Knochen allein, nein auch das Herz.

Jetzt ist die treue pflegende Hand starr; das Auge, welches mit Liebe auf die letzten Wege meines Lebens blickte, gebrochen; der Mund, welcher mir aufmunternd Trost zusprach, stumm; der alte Peter liegt in dem Stalle hier nebenan auf einer Schütte Stroh als Leiche, um die sich Niemand kümmert, als der Landreiter. Auch um mich kümmert sich Niemand, als der Landreiter. Der Lumpenwagen und ich sollen den Sarg schaffen und die Begräbniskosten decken; wir sollen verkauft werden. Morgen wird der alte Peter begraben, morgen auch ist die Versteigerung seiner Habseligkeiten; ich fürchte, wer mich kauft, macht einen schlechten Handel.

Mein Sohn, die Vergangenheit . . . . Die Zukunft . . . . . .
. . . .

Hier wird das Manuscript der Memoiren unleserlich, bis es endlich mit einem großen Tintenfleck schließt. Diese Endlösung der Geschichte konnte mich nicht befriedigen, ich nahm also die Gelegenheit wahr, mich auf einer Reise, die mich nach B. führte, wo der alte Peter begraben ist, nach den endlichen Schicksalen des Fliegenschimmels zu erkundigen.

Die Ahnung hatte ihn nicht betrogen, der Käufer seiner Person hatte einen schlechten Handel gemacht. Ein Bücklingsfahrer hatte den Muth gehabt, für das schwache Fünkchen Leben, welches noch unter Haut und Knochen fortglimmte, 3 Rthlr. 12 Groschen zu bieten. Was noch von Vollblut und überhaupt von Blut in dem alten Schimmel war, wurde ihm zugeschlagen; aber – als der Hammer fiel, fiel auch der Schimmel. Er ward nicht mehr angeslrängt, nur um ihn ward etwas angestrengt, nämlich ein Prozeß. Dieser Prozeß zwischen dem unglücklichen Bücklingsfahrer und der versteigernden Behörde endete damit, daß der erstere Zahlung leisten mußte und endlich ab und zur Ruhe verwiesen wurde. Der Bücklingsfahrer, der Lumpenfahrer, der Fliegenschimmel selbst, alle sind zur Ruhe verwiesen; und das ist das Ende.

Über tredition

Eigenes Buch veröffentlichen

tredition wurde 2006 in Hamburg gegründet und hat seither mehrere tausend Buchtitel veröffentlicht. Autoren veröffentlichen in wenigen leichten Schritten gedruckte Bücher, e-Books und audio-Books. tredition hat das Ziel, die beste und fairste Veröffentlichungsmöglichkeit für Autoren zu bieten.

tredition wurde mit der Erkenntnis gegründet, dass nur etwa jedes 200. bei Verlagen eingereichte Manuskript veröffentlicht wird. Dabei hat jedes Buch seinen Markt, also seine Leser. tredition sorgt dafür, dass für jedes Buch die Leserschaft auch erreicht wird.

Im einzigartigen Literatur-Netzwerk von tredition bieten zahlreiche Literatur-Partner (das sind Lektoren, Übersetzer, Hörbuchsprecher und Illustratoren) ihre Dienstleistung an, um Manuskripte zu verbessern oder die Vielfalt zu erhöhen. Autoren vereinbaren direkt mit den Literatur-Partnern die Konditionen ihrer Zusammenarbeit und partizipieren gemeinsam am Erfolg des Buches.

Das gesamte Verlagsprogramm von tredition ist bei allen stationären Buchhandlungen und Online-Buchhändlern wie z. B. Amazon erhältlich. e-Books stehen bei den führenden Online-Portalen (z. B. iBookstore von Apple oder Kindle von Amazon) zum Verkauf.

Einfach leicht ein Buch veröffentlichen: **www.tredition.de**

Eigene Buchreihe oder eigenen Verlag gründen

Seit 2009 bietet tredition sein Verlagskonzept auch als sogenanntes "White-Label" an. Das bedeutet, dass andere Unternehmen, Institutionen und Personen risikofrei und unkompliziert selbst zum Herausgeber von Büchern und Buchreihen unter eigener Marke werden können. tredition übernimmt dabei das komplette Herstellungs- und Distributionsrisiko.

Zahlreiche Zeitschriften-, Zeitungs- und Buchverlage, Universitäten, Forschungseinrichtungen, u.v.m. nutzen diese Dienstleistung von tredition, um unter eigener Marke ohne Risiko Bücher zu verlegen.

Alle Informationen im Internet: **www.tredition.de/Buchverlage**

tredition wurde mit mehreren Innovationspreisen ausgezeichnet, u. a. mit dem Webfuture Award und dem Innovationspreis der Buch-Digitale.

tredition ist Mitglied im Börsenverein des Deutschen Buchhandels.

Das komplette Archiv auf DVD

Die Gutenberg-DE Edition DVD enthält das komplette Archiv Gutenberg-DE als Offline-Version auf DVD. Die DVD ist im Internet erhältlich auf **http://gutenbergshop.abc.de**

Zeitfracht Medien GmbH
Ferdinand-Jühlke-Straße 7
99095 Erfurt, Deutschland
produktsicherheit@kolibri360.de